여행의 핑계

남원상 지음

# 여행의 핑계

호캉스나 식도락이나
화보 촬영은 아니지만
핑곗김에 잘 자고 잘 먹고
인생 샷도 남긴 여행
강아지와 함께라는 핑계로
도전하는 가족여행

따비

그
음식의
핑계

## 종잡을 수 없고,
## 헤어 나올 수 없는 매력을 지닌 여행

"여행, 그것은 당신의 말문을 막히게 할 것이다. 그러고는 당신을 이야기꾼으로 바꿔놓을 것이다."

수많은 여행 관련 책에 단골로 인용되는 문구로, 14세기 무슬림 여행가 이븐 바투타Ibn Baṭṭūṭah가 남긴 말이라고 한다.

그는 인생의 절반 가까이를 여행으로 보냈다. 비행기나 자동차도 없이 낙타를 타고 다닌 시대에 중동, 아프리카, 인도, 중국 등을 돌아다니며 무려 12만 킬로미터의 여정을 이뤄냈다. 그 발자취를 제목부터 범상치 않은

《지역의 특색과 여행의 경이를 보는 이들에게 바치는 선물A Masterpiece to Those Who Contemplate the Wonders of Cities and the Marvels of Travelling》이라는 여행기에 담았다. 이런 그를 가리켜 브리태니커 백과사전은 "가장 위대한 중세 무슬림 여행가"라고 극찬했다. 그토록 대단한 여행가의 말이니, 700여 년이 흐른 오늘날에도 여행을 좋아하는 사람들의 귀에 쏙 들어와 공감을 살 만하다.

이븐 바투타가 처음 여행을 떠난 목적은 메카 성지순례였다. 세계 어느 곳에서든 무슬림은 하루에 다섯 번씩 기도 시간을 갖는다. 그때마다 메카가 있는 쪽을 향해 절을 한다. 이슬람교의 창시자 무함마드가 태어난 메카는, 그들에게 언제 어디서나 섬겨야 할 성스러운 장소이기 때문이다. 그러니 메카에 직접 가보는 건 독실한 무슬림인 이븐 바투타에게 평생의 소원이자 숙명이나 다름없었다.

하지만 그건 목숨을 걸어야 할 정도로 아주 멀고 험한 여정이었다. 그가 태어나 자란 곳은 아프리카 대륙 북서단에 있는 지금의 모로코 탕헤르Tánger 지역이고 메카는 아라비아 반도 서부에 있는 지금의 사우디아라비아 지역이기에, 그 머나먼 길은 몇 년에 걸친 고행길이었다.

어지간한 신앙심이 아니고서야 엄두도 내지 못할 모험이요, 일생일대의 도전이었다.

그런데 이 험난한 성지순례를 하는 동안 이븐 바투타는 여행의 참맛에 눈을 뜬다. 고대 이집트 왕국의 유산인 파로스Páros 섬의 등대와 피라미드 등 종교와 상관없는 명소들을 관광하거나 특정 지역에서만 먹을 수 있다는 진귀한 음식들을 맛보기도 한다. 기왕 힘들게 떠난 여행이니 성지순례를 핑계로 해보고 싶은 건 다 해본 것이다.

이런 경험을 하면서 그는 "말문을 막히게" 하는 감동을 느꼈고, 결국 여행기를 남기는 "이야기꾼"이 된다. 급기야 나중엔 '이야기꾼'으로서 너 낯설고 더 신기한 문물을 찾아 불경스러운 이교도들의 땅에도 기꺼이 발을 들인다. 이미 그즈음엔 성지순례라는 본래의 여행 이유는 온데간데없었다. 여행의 목적은 여행의 핑계가 됐고, 바로 그 지점에서 그는 여행을 다방면으로 즐기는 진정한 여행자로 거듭났다. 이처럼 여행은 종잡을 수 없고 헤어 나올 수 없는 매력으로 우리를 사로잡는다.

이븐 바투타의 기나긴 여정이 처음에는 성지순례라는 뚜렷한 목적을 갖고 시작되었던 것처럼, 오늘날의 여행자들도 저마다 크고 작은 목적이나 이유를 품고 길을 떠난다. 관광이나 휴양이 될 수도 있고, 아니면 스릴 넘치는 액티비티 체험처럼 아주 뚜렷하게 목표를 정해놓기도 한다. 그렇더라도, 딱 그것만 이루고 돌아오는 경우는 드물다. 이유나 목적이 무엇이든, 기왕 시간과 돈을 들여 떠난 만큼 이색적인 또 다른 경험으로 여행을 더 풍성하게 완성하려고 다양한 노력을 기울인다. 성지순례자에서 위대한 여행자로 바뀐 이븐 바투타가 그러했듯이 말이다. 이 책은 바로 그런 노하우를 함께 나누고자 한다.

## 여행을 더 풍성하게 해줄 노하우

"의식주야말로 기본적인 욕구다. 그 이상의 무언가를 원할 때 자기기만이 시작된다."(Makunda Rao, *The Other Side of Belief: Interpreting U.G. Krishnamurti*, Penguin Books, 2005)

인도의 철학자 U. G. 크리슈나무르티Uppaluri Gopala Krishnamurti가 남긴 이 말에는 필요 이상의 물질이나 지식, 지위를 탐하며 인생을 허비하지 말라는 교훈이 담겨 있다. 인간 삶의 근원이 의식주에 있음을 짚어준 것이다.

이걸 달리 말하면, 인간은 늘 의식주에서만큼은 자유로울 수 없는 존재라는 뜻이 된다. 그건 집을 떠나 여행가서도 마찬가지다.

누드 비치처럼 별난 장소가 아니라면, 실외에선 늘 몸을 가리고 보호할 무언가를 걸쳐야 한다. 공공장소에서 알몸으로 다녀도 무방한 문명국가는 아마도 없지 않을까 싶다. 공연음란죄 저촉 여부를 떠나, 추운 계절엔 얼어 죽지 않기 위해서라도 여행자에게 옷은 반드시 필요하다.

또한, 다른 생물들이 그러하듯 인간도 꾸준히 먹어야 한다. 미식을 즐기는 수준까지는 아닐지언정, 하루에 빵한 조각이라도 뱃속에 밀어 넣어줘야 여행지에서 굶어 죽지 않는다.

'의衣'와 '식食' 못지않게 '주住'도 필수 조건이긴 마찬가지다. 낯선 곳에서도 매일 안전하게 수면과 휴식을 취할 공간이 필요하다. 캠핑이라면 텐트를 지참해 가는 것으로 해결이 되겠지만, 그렇지 않은 경우, 특히 국외에선 현지 숙박시설을 이용해야 한다.

이 가운데 나는 가장 기본이 되는 숙박과 음식(옷은 비교적 노하우가 덜 필요한 부분이라 판단해 생략한다)을 다루고,

여행의 핑계

지금의 우리에게 또 중요하게 다가온 사진과 반려동물 이야기를 더하고자 한다.

당일치기가 아니라 자고 와야 하는 일정이라면 여행 현지에서 잠잘 곳을 찾아야 한다. 국외라면 더더욱 그렇다. 여행을 더 풍성하게 완성해줄 숙박 노하우는 항공편과 더불어 가장 중요한 부분이면서 동시에 어려워하는 부분이 아닐까 싶다. '호캉스'가 아니고서야 숙박 자체가 여행의 목적인 경우는 드물지만, 목적까지는 아니더라도 어차피 잘 곳을 마련해야 한다는 핑계로 좀 더 특별한 추억을 남기는 숙박업소를 찾았던 경험을 이야기할 것이다.

두 번째 이야기 주제는 음식이다. 다시 강조하지만, 여행 중에도 의식주는 반드시 해결해야 한다. 머물 곳을 찾는 건 여행 전에 결정해놓는 경우가 많고, 옷이야 여행 가방 안에 챙겨 가면 그만이다. 그렇다면 남은 건 '식'이다. 식도락이 목적이 아닌데도 끼니는 때워야 한다는 핑계로 남다르게 잘 먹을 수 있었던 여행을 되새겨볼 것이다.

세 번째 이야기 주제는 사진이다. 화보 촬영이 목적인 전문 모델이 아니고서야 사진 찍으려고만 여행 가는 사람은 거의 없을 것이다. 그래도 여행하고 남는 건 사진뿐이라고들 하지 않나. 기왕 찍는 여행사진이라면 좀 더 좋은 컷을 남길 수 있는 이런저런 노하우를 이야기할 것이다. 아울러 좋은 사진을 핑계로 얻게 된 나만의 여행 스타일에 관한 내용도 다룬다.

마지막 이야기 주제는 강아지다. 반려견을 입양한 뒤 우리 가족의 여행은 많은 부분에서 달라졌다. 강아지와 함께 떠난다는 핑계로 새롭게 설정하게 된 가족여행의 시간과 시기, 공간과 범위 등을 이야기하며 여행에 대한 개념 자체가 바뀐 점도 살펴볼 것이다. 또한, 반려견과 동행하는 여행을 좀 더 알차고 편안하게 만드는 노하우도 다루려고 한다.

이 글을 쓰고 있는 시점에서, 나의 마지막 국외여행은 2019년에 머물러 있다. 나뿐만이 아닐 것이다. 코로나19든 코비드19든, 공식 명칭이 뭐든 간에 수많은 생명을 앗아간 그 몹쓸 전염병 바이러스는 우리의 여행 앞길도 막아 세웠다. 바이러스의 완벽한 종식은 불가능하므로 '팬데믹이 아니라 엔데믹'이라며 여행업이 재개되고 외국으로 떠나는 사람들도 속속 늘고 있지만, 나는 아직 엄두가 안 난다.

답답한 와중에 《여행의 핑계》 원고를 쓰면서 여행을

향한 목마름을 어느 정도 해소시킬 수 있어 행복했다. 해묵은 여행 메모와 일정표, 사진들을 찾아보는 내내 그 설레고 뿌듯했던 순간들이 새록새록 되살아난 덕택이다. 이 책을 읽는 동안, 독자 여러분도 각자의 소중한 여행 추억을 떠올리며 그런 감정을 다시 느낄 수 있기를 바란다.

'여행의 핑계'라는 흥미로운 주제를 제안하고 책으로 낼 수 있도록 도움을 준 따비의 박성경 대표, 신수진 편집장, 정우진 편집자께 감사드린다. 나의 소중한 가족을 비롯한 여러 은인께도 이 공간을 빌려 고마운 마음을 전한다.

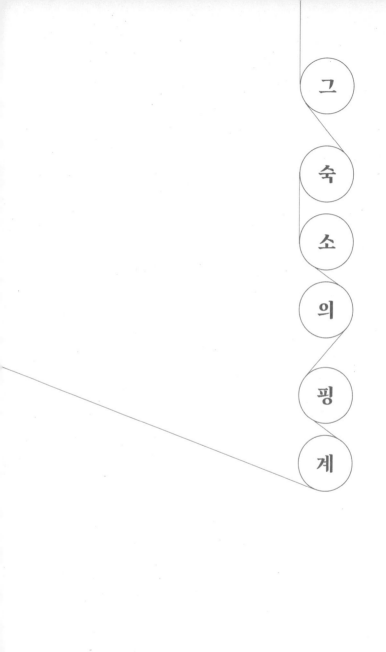

그
숙
소
의
핑
계

아니야, 맹세코 아니야. 아니야,
난 조금도 후회하지 않아.
나의 삶, 그리고 나의 기쁨이
오늘 당신과 함께 시작되니까…

## 두 얼굴의 코르도바

스페인의 세비야Sevilla 산타후스타Santa Justa 역을 출발한 고속열차 렌페Renfe는 44분을 달려 코르도바Córdoba 역에 들어섰다. 하차하려는 승객 대여섯 명이 출입구 앞에 벌써 서 있다. 아내와 나도 부랴부랴 짐을 챙겨 그 대열에 합류했다.

"늦지 않을까?"

조바심이 난 듯 아내가 물었다.

"괜찮을 거야. 내려서 좀 빨리 걷자고."

대답은 그렇게 했지만 나도 긴장이 되는지 입이 바싹 말랐다.

열차가 멈춰 서고 차문이 열렸다. 내리자마자 휴대폰부터 꺼내 시간을 확인했다. 오후 4시 39분.

† 현대적이지만 밋밋한 코르도바

기차로 여행을 다니다보면, 기차역이 그 도시의 첫인상을 주곤 한다. 유럽 도시들 중엔 19세기나 20세기 초반에 화려하고 근사하게 지은 역사驛舍를 자랑하는 곳이 많다. 열차와 철도는 당시 근대화의 상징이었고, 역사는 교통 기반 시설이자 부강富強을 뽐내는 기념물이었기 때문이다. 그래서 런던, 파리, 뉴욕 등 내로라하는 도시들은 오래된 역사를 보존해 현대식으로 개조해서 쓰곤 하는데, 그 자체만으로도 핫 플레이스 역할을 톡톡히 해낸다. 역에 내리면서부터 여행자들로 하여금 이 도시에서 경험할 새로운 여정에 기대를 품게 만든다.

아쉽게도 1994년에 지어진 코르도바의 기차역은 그런 볼거리를 제공하진 않았다. 우리가 찾아갔던 2015년에 기차역은 대형 쇼핑몰 건물처럼 넓고 쾌적하고 현대적이지만 밋밋했다. 1859년 건립된 아담하지만 운치 있는 옛 코르도바 역사는 조금 떨어진 곳에 있는데, 지금은 지역 방송사 건물로 사용 중이라고 한다.

심심했던 코르도바 역을 나서니 저 멀리까지 트레스 쿨투라스 광장Plaza de las Tres Culturas이 쭉 뻗어 있었다.

그 숙소의 핑계

예전(2022년 8월 이전)의 광화문 광장처럼 좌우로 차도가 나 있다. 고대 로마제국과 중세 이슬람 지배 시대의 유적이 곳곳에 남아 있다는 고도古都답지 않게 광장 주변도 기차역처럼 세련됐지만 싱거웠다.

양옆 대로변에는 고만고만하게 나지막한 직사각형 콘크리트 건물들이 나란히 이어졌다. 그 드넓은 역 앞 광장에 행인이라곤 고작 한두 명뿐이라서 황량한 느낌마저 들었다. 아무리 인구 30만 명의 작은 도시라고는 해도 코르도바 자치주의 주도이자 스페인의 손꼽히는 관광도시인데 사람들이 다 어디에 숨어 있나 싶을 정도였다.

예상 밖의 썰렁한 역 주변 풍경에 아주 잠깐 당황하긴 했지만, 아내와 나는 더 이상 망설이거나 두리번거리지 않고 커다란 캐리어를 끌면서 그 광장을 지나 곧장 걸었다. 분명 이제 막 코르도바에 도착한 초행길의 여행자들인데, 마치 세비야에 잠시 다녀온 코르도바의 주민인 양 익숙하게 말이다. 당연히 지도 같은 건 꺼내보지도 않았다.

아직 5월인데도 뙤약볕이 내리쬐는 스페인 남부의 늦은 오후는 무척이나 더웠다. 시에스타가 벌써 끝나고도 남을 시간이었지만 현지 기온은 여전히 30도를 훌쩍 넘어선 상태였다.

다행히 오래 걷진 않았다. 직진한 지 한 오 분쯤 지났을까? 광장을 좀 지나 왼편에 바로 우리의 목적지가 나타났다. 사무실 사물함처럼 재미없게 생긴 잿빛 건물 위에 '호텔 코르도바 센터HOTEL CORDOBA CENTER'라는 큼지막한 영문 간판이 박혀 있었다. 이 낯선 도시에서 우리 부부의 집이 되어줄 곳이었다. 워낙 찾기 쉽고 가까운 위치였으니 그토록 자신만만하게 걸어올 수 있었던 것이다.

후다닥 체크인을 한 뒤 객실에 들어가 여행 가방을 아무렇게나 던져놓고 배낭과 가방에 물병이며 지갑 같은 작은 휴대품만 챙겨선 서둘러 호텔을 나섰다. 무거운 짐들로부터 해방되니 날씨가 더운데도 몸놀림은 제법 빨라졌다.

† 구시가지의 진짜 코르도바

호텔 근처에서 버스를 타고 구시가지인 코르도바 역사 지구Centro Histórico de Córdoba에 도착했다. 그곳에 진짜 코르도바가 있었다. 곳곳에서 스페인다운 이국적인 색채와 고풍스러운 느낌이 물씬 풍겼다. 보사노바 음악이 흘러나오는 아담한 광장이며 알록달록한 꽃 화분을 걸어둔 새하얀 담벼락의 골목길엔 관광객이 가득했다. 사람들의 얼굴에도, 도시의 얼굴에도 흥겨운 활기가 넘쳤다. 역 주변과는 전혀 딴 세상이었다. 하지만 우리에겐 급히 가야 할 곳이 있어서, 그 정취에 푹 젖어 들 여유는 없었다. 곁눈질로 슬쩍슬쩍 간 보듯 분위기만 파악하면서 걸음을 재촉했다.

그리고 마침내 코르도바 알카사르Alcázar에 도착했다. 14세기에 지어진 알카사르는 고혹적인 '물의 정원'으로 이름난 무어 양식의 궁전이자 요새다. 오후 6시가 입장이 허용되는 마지막 시간이었는데, 계획한 대로 딱 맞춰서 십여 분 전쯤 아슬아슬하게 도착했다. 기차에서 내린 지 겨우 한 시간 만이었다. 그 짧은 시간 안에 호텔에 도착해서 체크인을 하고 짐을 풀어놓은 뒤 여기까지 오는 데 성공했다.

덕분에 아내와 나는 알카사르의 높다란 망루에 올라 석양이 따사로이 내려앉은 물의 정원과 코르도바 구시가지의 저녁 풍경을 유유히 감상할 수 있었다. 코르도바의 알카사르는 해질 무렵에 봐야 그 진가를 알 수 있다는 얘기가 괜한 허풍이 아니었다. 그렇게 스페인 여행의 목적 하나를 완벽하게 이루어냈다.

# 그 숙소를 고른 방법과 핑계

## † 싼 숙소냐 가성비 좋은 숙소냐

여행을 준비할 때 우리는 어떤 숙소에서 머물지 미리 고민하고 선택해 예약을 한다. 여행사가 거의 모든 준비를 알아서 대신해주는 단체 패키지 관광이 아니라면 말이다. 더구나 휴가철엔 숙소 예약에 더욱 신경을 써야 한다. 잘못하다간 말 그대로 길거리에 나앉을 수 있다.

사람마다 선호하는 숙박시설의 조건이나 형태는 다 다르다. 여행을 막 다니기 시작했을 무렵, 나의 일 순위 조건은 비용이었다. 무조건 싼 숙소를 찾았다.

심지어 일본으로 첫 배낭여행을 떠났던 스무 살에는 나가사키長崎의 테마파크인 하우스텐보스Huis Ten Bosch 를 구경한 뒤 그곳 주차장에서 돗자리를 깔고 노숙까지 해봤다. 8월이라 밖에서 자도 입 돌아가거나 동사凍死할 일은 없었고(대신 모기떼에 시달렸지만) 두려운 게 없는 무모한 청춘이었으니 가능했다. 그런데 하필 그날 새벽에 폭풍우가 덮치는 바람에 쫄딱 젖은 채 봉변을 당해, 시설 관리인들의 도움으로 구사일생했다.

막상 체험해보니 이건 아니다 싶어, 그 후로 두 번 다시 노숙 같은 건 하지 않았다. 그 대신 호스텔이나 한인 민박 같은 저렴한 다중이용 숙소의 도미토리 룸에 투숙하며 여행비를 아꼈다. 아무래도 낯선 이들과 잠자리를 공유하는 건 불편하다. 그래도 혼자서 여행 다닐 때엔 끽해야 2만 원 안팎이면 하룻밤을 해결할 수 있으니 참을 만했다. 그런데 헝가리 부다페스트Budapest의 어느 한인 민박에서 불쾌한 일을 겪은 뒤로는 이것도 하지 않게 됐다.

평소에도 그렇긴 하지만 여행지에선 지갑 단속에 더욱 철저한 편이다. 단위가 큰 지폐는 잘 접어서 소형 지퍼 백에 담은 뒤 아예 운동화 깔창 아래에 넣고 다닌다 (짐작했겠지만, 돈에서 불쾌한 냄새가 나지 않도록 반드시 지퍼 백에 넣어야 한다). 동양권이 아닌 외국에선 실내에서도 신발 벗을 일이 거의 없기에 이보다 효과적인 보관법이 없다. 또한, 등 뒤에 소매치기들이 따라붙을까봐 수시로 고개를 돌려보는 등 경계도 게을리하지 않는다. 덕분에 악명 높은 이탈리아의 집시들에게조차 땡전 한 푼 허락하지 않았다.

그렇게 여행 중 돈을 분실한 적이 없던 내가 유일하게

지갑을 털린 곳이 한인 민박이었다. 부다페스트에 도착한 날, 같은 방에 묵은 다른 한국인 학생들과 어울려 술을 마시다 취한 게 화근이었다. 알딸딸한 상태로 여행 가방 잠그는 것을 깜빡한 채 샤워를 했다. 씻고 나와 지갑을 꺼내 확인해보니 딱 100유로 지폐 한 장이 비었다. 숙소에 들어가자마자 숙박비를 내고 남은 돈을 정확히 계산해놓았던 터라 액수를 착각할 리 없었다. 그 사이에 누군가 손을 댄 게 분명했다. 심증이 가는 남학생은 있었지만(유독 친근한 척하며 나에게 자꾸 술을 권했다) CCTV 같은 게 없으니 다그칠 수도 없었다. 결국, 한인 민박도 숙소 선택지에서 제외됐다.

† 교통의 요지를 노려라

이런 우여곡절을 겪은 뒤로는 돈이 좀 들더라도 호텔에서 자게 됐다. 그게 몸과 마음이 편했다. 호텔을 고를 때에도 처음엔 역시나 숙박비가 얼마나 저렴한가만 따졌다. 그러다가 여행 경험이 차차 쌓이고, 경제적인 여유도 생기고, 결혼해서 아내와 함께 여행을 다니게 되면서 나름의 선택 기준이 생겼다.

겉모습이나 시설 등은 멀쩡해 보이는데 숙박비가 유독 저렴한 호텔은 기차역이나 터미널 같은 교통의 요지, 혹은 중심지로부터 멀리 떨어져 생뚱맞은 곳에 있는 경우가 많다. 커다란 여행 가방이나 배낭을 들고 메고 낑낑거리며 대중교통을 이용해 그런 호텔을 오가는 건 여간 고된 일이 아니다. 더구나 프랑스나 이탈리아처럼 사방천지에 도둑이 들끓는 나라에선 아무리 무거운 짐이라도 언제 채갈지 모르기 때문에 신경을 바짝 곤두세워야 한다.

시간 낭비도 무시할 수 없다. 시간은 금이라는데, 특히나 촉박한 일정의 여행 중엔 시간이 남보다 귀하다. 숙소를 오가는 데 드는 시간의 일분일초가 아깝다. 물론 택시나 우버가 해결책이 될 수 있겠으나 물가가 비싼 나라에선 이것 또한 부담이 된다.

그러다보니, 기차역이나 시외버스 터미널 주변 호텔에 투숙하는 걸 최우선 조건으로 삼게 됐다. 역이나 터미널에서 도보로 십 분 이내이며, 여행 가방을 끌고도 별로 힘들지 않게 걸어갈 수 있는 호텔 가운데 투숙객들의 평이 좋고 가격도 합리적인 곳을 골라내는 것이다.

같은 곳에 오래 머물지 않고 도시나 지역 간 이동이 빈

번한 나의 여행 스타일상 하루나 이틀 만에 기차나 시외버스를 타게 마련이니 이렇게 선택한 숙소가 내게는 가장 편하다. 역이나 터미널이 중심지에서 제법 떨어진 도시들도 있지만, 소중하면서도 귀찮은 여행 가방을 호텔에 맡기거나 방 안에 보관한 뒤 몸을 가볍게 하고 다니는 게 차라리 낫다.

† 구글 맵 하나면 끝

이런 호텔을 찾아내는 방법은 간단하다. 21세기의 여행자들에겐 '구글'이라는 편리한 도구가 있다. 일단 구글 맵에서 행선지의 역이나 터미널을 찾은 뒤 주변 호텔을 물색한다. 구글은 각 호텔이 역이나 터미널 입구에서 몇 미터 거리에 떨어져 있는지, 걸어서 몇 분이나 걸리는지 다 알려준다. 더구나 스트리트 뷰 기능을 활용하면 경로상의 지형, 건물, 간판 등의 생김새도 사진으로 미리 파악할 수 있다. 이걸 잘 봐두면 현지에 도착해 목적지를 찾아갈 때 한결 쉬워진다.

어디 그뿐인가. 친절하게도 호텔별 최저가 숙박비와 그 조건을 제시한 예약 사이트까지 몽땅 표시해준다. 물

그 숙소의 핑계

론 "싼 게 비지떡"이라는 속담은 전 세계 숙박업소에서도 통용되는 진리다. 저렴한 방은 흡연실 같은 악조건이 뒤따르게 마련이라 가격에만 혹해 섣불리 예약했다간 낭패를 볼 수 있다. 그러니 일단 그 일대의 전체적인 숙박비 시세를 파악한 뒤 하나씩 꼼꼼히 비교해 살피면서 적당한 곳을 골라내야 한다.

호텔 코르도바 센터도 이런 방식으로 예약한 숙소들 중 하나였다. 물론 역 주변에는 거리상 더 가깝거나 숙박비가 저렴한 호텔이 많이 있었다. 트립어드바이저에 게시된 투숙객 평가와 객실 크기, 컨디션 등을 비교한 결과 우리 부부에겐 호텔 코르도바 센터가 모든 면에서 가장 마음에 들었다. 4성급의 깔끔한 호텔인데도 하루 숙박비가 7만~8만 원대에 불과해 합리적이었다.

프라이스라인 같은 호텔 비딩bidding(경매 가격 제시) 사이트를 이용한 적도 있긴 했다. 위치를 선택할 때 역이나 터미널 주변을 설정해 좋은 조건으로 비딩을 걸어 낙찰을 받았는데, 몇 번 호되게 당하고 난 뒤로는 이용하지 않는다. 프라이스라인이 선택해준 호텔들은 비딩 조건과 달리 심각하게 낙후되거나 서비스가 형편없는 숙소가 많았기 때문이다.

이 사이트에서 4성급이라고 낙찰 받았던(실제로는 많이 쳐봤자 2성급) 프랑스 파리 몽파르나스Montparnasse 역 인근의 C호텔은 욕조 수챗구멍이 막혀 발만 잠깐 씻어도 물이 가득 차올랐다. 전화를 걸어 수리를 요청하자 황당하게도 설비 담당 직원이 벌써 퇴근해 도와줄 수 없다고 했다. 그럼 객실을 바꿔달라고 하니, 이번엔 만실이라며 안 된단다. 해결책이라고 제시한 게 공실이 있는 다른 지역의 지점에 대체할 객실을 구해났다면서 당장 옮기라는 것이었다. 택시비는 주겠다면서 말이다. 다음 날 아침 일찍 몽파르나스 역에서 기차를 타야 하는 일정에 맞춰 역 주변 호텔을 비딩했던 터라 당연히 거절했고, 호텔 측은 그럼 알아서 하라는 식으로 대응했다. 결국 참다못해 프런트 데스크로 직접 내려가 여러 투숙객이 보는 앞에서 로비를 한바탕 뒤집어놓은 뒤에야 야간 당직자가 마지못해 찾아와 해결해주고 갔다. 결국 새벽 1시가 넘어서 겨우 씻을 수 있었다.

아, 구글 맵을 활용해서 호텔을 예약할 경우에 도움이 될 만한 팁이 하나 있다. 대기업에서 운영하는 체인 호텔이 아닌, 개인이 운영하는 소규모 호텔들은 간혹 숙박비 흥정이 가능한 경우가 있다.

독일 여행 중에 로텐부르크Rothenburg에서 투숙했던 A 호텔이 그랬다. 구글 맵에 게시된 예약 사이트들을 둘러보고 최저가 조건을 찾은 뒤, 호텔 공식 홈페이지에 나와 있는 이메일 주소로 직접 연락해 혹시 그 숙박비보다 더 저렴하게 예약할 수 있는지 물었다. 호텔 입장에서도 예약 사이트에 지급해야 하는 대행 수수료를 아낄 수 있으니 서로 이득이 되지 않겠냐면서 말이다. 마침 호텔 측에서도 흔쾌히 깎아주겠다는 답변이 왔고, 덕분에 이메일을 주고받으면서 흥정해 파격적인 할인가로 예약할 수 있었다.

## 호텔 로한, 숙박 자체가 여행

### † 랜드마크와 숙소

기차역이나 터미널에서 도보 십 분 이내에 있고, 투숙객들의 평이 좋은 합리적인 가격의 깔끔한 호텔. 여행을 갈 때마다 늘 이 조건을 원칙 삼아 숙소를 고른다. 한데 나만의 이 선택 공식을 깨뜨릴 때가 있다. 호텔 자체가 흥미를 끄는 경우다.

'호캉스'라는 말이 익숙해졌을 정도로, 요즘에는 호텔에서 쉬는 것 자체를 목적으로 여행 가는 사람들도 꽤 있다. 하지만 나는 호텔 때문에 여행지를 선택하지는 않는다. 기왕 방문하게 된 여행지에 특별한 경험을 할 수 있는 호텔이 있다면 여행 중 숙박을 핑계 삼아 그 호텔에 투숙해보는 정도다. 이건 꽤 색다른 경험을 할 수 있는 기회가 된다.

관광이나 식사는 꼼꼼하게 따져보는 여행자들 중에서도 숙박에 대해선 '그냥 잠만 자면 되니까'라고 대수롭지 않게 여기는 경우가 적지 않다. 하지만 숙박 자체가 여행에서 큰 비중을 차지하는 경우도 있다. 방 안에서 랜드마크를 오롯이 감상할 수 있는 호텔이 그렇다.

파리 하면 에펠 탑, 뉴욕 하면 자유의 여신상인 것처럼, 여행자들이 몰려드는 도시엔 상징적인 랜드마크가 하나쯤 있게 마련이다. 랜드마크는 그 도시를 찾아가는 이유의 상당 부분을 차지한다. 그런 랜드마크를, 관광객 인파가 자아내는 북적임과 소음에 시달리지 않고, 늦은 밤이나 이른 아침에 객실 창가에 앉아 한가로이 만끽하는 건 전혀 다른 느낌으로 다가온다.

† 호텔 로한에서, 노트르담 대성당에 취하다

나는 오래된 건축물을 좋아한다. 랜드마크도 새것보다는 때 묻고 낡은 것에 마음이 동한다. 역이나 터미널에서 좀 멀어도, 이런 취향 때문에 유서 깊은 랜드마크가 인접한 호텔을 선택한 적이 여러 번 있다.

2013년, 프랑스 스트라스부르Strasbourg를 여행할 때 호텔 로한Hotel Rohan에 투숙한 것도 그래서였다. 12세기부터 무려 700년 동안이나 건축된, 중세 시대의 자취가 고스란히 남아 있는 스트라스부르 노트르담Notre-Dame 대성당이 이 호텔 지척에 있었다. 도시를 대표하는 랜드마크가 코앞인데도 3성급 호텔이라 숙박비는 예상 외로 저렴했다. 한국의 어지간한 펜션 1박 가격 정도밖에 안 됐다.

시내 관광을 마치고 호텔 방으로 돌아와 잠들기 전, 관광객의 발길이 잦아든 고요한 심야에 창문을 활짝 열었다. 산뜻한 가을 밤공기에 폐부 깊숙한 곳까지 개운해졌다. 슈퍼마켓에서 미리 사다둔 5유로짜리 와인을 꺼내와 아내와 창가에 나란히 앉았다. 은은한 황금빛 조명이 비추는 대성당의 아득히 높은 첨탑을 마음껏 올려다보

그 숙소의 핑계

며 함께 와인을 나눠 마셨다. 그 순간만큼은 밤하늘 아래 꿈결처럼 펼쳐진 고풍스런 야경이 오롯이 우리만의 것이요, 최고의 술 안주였다.

한 모금, 두 모금, 성당을 바라보며 술이라니, 어쩐지 불경하게 느껴지기도 했지만 잔을 내려놓을 수 없었다. 헐렁한 잠옷 차림으로 방 안에 있으니 더없이 편했고, 또 한없이 좋았다. 조금씩 술기운이 올랐다. 누가 먼저랄 것도 없이 서로의 손을 잡았다. 기분 좋게 나른해졌다. 이유 없이 마주보며 웃었다. 평소 간지러운 걸 질색하는 건조한 부부인데도 그랬다.

갑자기 에디트 피아프의 목소리가 몹시도 듣고 싶어졌다. 휴대폰으로 그녀의 샹송들을 찾아 나지막이 연주시켰다.

Non, rien de rien. Non, je ne regrette rien.

Car ma vie, Car mes joies, Aujourd'hui, Ça commence avec toi…

아니야, 맹세코 아니야. 아니야, 난 조금도 후회하지 않아.

나의 삶, 그리고 나의 기쁨이 오늘 당신과 함께 시작되니까…

눈과 코와 입과 귀, 그리고 살갗, 오감을 자극한 이런 미장센들 덕분일까? 그 밤 아내와 함께한 모든 순간이 낭만적인 사랑 노래 속으로 빠져든 것 같은, 초현실의 느낌이었다. 싸구려 와인이 백 배는 더 맛있어진 효과도 무시할 수 없었고.

다음 날 아침, 대성당에서 울려 퍼지는 그윽한 종소리에 잠에서 깨어나 창문을 열었다. 성당의 밝아진 얼굴은 지난밤과는 또 달랐다. 하늘 위를 찌를 듯 뻗어 오른 첨탑의 장대한 위용이며, 고딕 스타일 파사드의 섬세한 조각들이며, 오랜 세월이 새겨놓은 벽면의 얼룩이 한결 생동감 넘치게 다가왔다.

이 성당을 보고 빅트르 위고는 "웅대하고도 우아하다"며 감탄했다지. 한술 더 떠 괴테는 "신의 나무"라고 극찬했다 하고. 둘 다 수긍이 갔다. 아무튼 호텔 로한에서 잤기에 누릴 수 있었던 아름다운 밤과 찬란한 아침이었다.

호텔 로한은 우리 부부에겐 특별한 경험을 선사해준 여행의 일부가 됐다. 하룻밤 자고 떠난 숙박업소가 아니

었다. 당시 여행에서 우리는 프랑스와 독일의 혼혈적 문화가 매력적인 스트라스부르를, 유람선을 타기도 하고 열심히 걸어 다니기도 하면서 만끽했다. 노트르담 대성당 내부에 입장해 천 년의 역사가 어린 조형물이며 스테인드글라스도 경이에 찬 눈으로 구경했다. 그런데도 스트라스부르 여행에서 가장 기억에 남은 순간을 꼽자면, 늦은 밤 호텔 방 창문을 열고 성당의 첨탑을 올려다보며 아내와 와인을 나눠 마신 장면이 가장 먼저 떠오른다.

## 호텔 알펜로열, 마터호른 산을 선물하다

### † 도대체 왜 이 호텔을 잡았느냐

스위스 체어마트Zermatt에서도 비슷한 감동을 준 호텔이 있었다.

첩첩산중의 작은 도시 체어마트에 전 세계 여행자가 몰려드는 이유는 딱 하나다. 그곳의 랜드마크인 마터호른Matterhorn 산을 보기 위해서다. 조물주가 스패츌러로 깎고 다듬어 예쁘게 모양을 잡아놓기라도 한 듯, 피라미

드와 고깔을 연상시키는 묘한 자태를 한 명산이다.

2013년, 아내와 나도 그 산을 보러 취리히에서 빙하 특급 열차를 타고 몇 시간이나 걸려 체어마트까지 갔다. 여행의 목적이 마터호른 산이었으니, 그 핑계로 객실에서 산이 조망되는 숙소를 찾다가 호텔 알펜로열Hotel Alpenroyal을 예약했다. 구글 맵이 체어마트 역에서 1킬로미터 정도 걸어가야 한다고 알려줬지만 그 정도 힘든 건 감수할 수 있다며 개의치 않았다.

체어마트 역에 도착한 건 저녁 무렵이었다. 미리 준비해 간 약도를 참고로 호텔을 찾았지만 한참 헤맸다. 현지인들에게 물어보니 "이 근방이 아닌 것 같아서 모르겠다"는 답변뿐이었다. 그러던 중 다행히도 호텔 위치를 잘 안다는, 머리가 희끗희끗한 주민 아저씨를 만났다.

"내가 이 근처에 살거든. 마침 집에 돌아가던 중인데 잘됐네. 날 따라오면 돼. 아마 무척 힘든 여정이 될 테지만."

불길했다. 역 주변에서 1킬로미터 떨어진 거리인데 왜 "힘든 여정" 운운하면서 잔뜩 겁을 주는 거지?

아저씨를 뒤따라가다 이내 이유를 알게 됐다. 멀리 가파른 산비탈 위에 자리한 호텔이 보였다. 한 손엔 커다란 캐리어를 끌고 어깨엔 무거운 배낭까지 짊어진 채 오르막길을 걷자니 그야말로 천근만근. 얼마 지나지 않아 등 뒤에서 아내의 울화 섞인 거친 숨소리가 들려왔다. 아저씨는 조금 더 올라가라며 길을 알려준 뒤 집으로 들어갔고, 둘만 남은 우리 부부는 비탈길 위에서 왜 이런 애먼 곳의 호텔을 예약했느냐, 그럼 당신이 알아보지 그랬느냐며 언쟁을 벌였다. 그렇게 몸은 만신창이요, 부부 싸움으로 기분까지 잡친 채 호텔 알펜로열에 당도했는데…… 호텔 정문 앞에서 고개를 돌리는 순간, 반전의 스토리가 시작됐다.

† 알펜로열 호텔에서 컵라면은
산해진미가 부럽지 않았다

마터호른 산이 우뚝 솟아 있었다. 사진으로야 지겹도록 봐왔지만, 실물의 느낌은 또 전혀 달랐다. 바위산이 되었다는 아틀라스의 머리가 바로 저런 모습이지 않을까 싶었다. 만년설이 내려앉은 거산의 날렵하면서도 웅장한 봉우리는 오렌지빛으로 타오르는 해질 녘 하늘을 억세게 떠받치고 있었다. 그저 보고 있기만 해도 입이 떡

43

벌어질 정도로 영험한 산기운에 압도당했다. 언제 싸웠냐는 듯, 아내와 나는 "산이 신기하게 생겼다"며 호텔 앞에 짐을 내팽개친 채 마터호른 산을 배경으로 한참 동안 함께 인증 샷을 찍었다.

객실에 들어가 테라스에서 바라보는 마터호른 산과 그 아래에 펼쳐진 체어마트 시가지의 아늑한 저녁 풍경은 더욱 놀라웠다. 올라오느라 고생한 보람이 있었다. 비탈에 자리한 호텔이라 주변에 마터호른 산을 가릴 만한 건물이 없었던 것이다. 중심가인 반 호프 거리 Bahnhofstrasse에서 살짝 떨어진 데다 높은 곳에 있어, 비탈 아래로 오밀조밀 늘어선 샬레Châlet 가옥들의 박공지붕이며 교회 첨탑을 내려다보는 재미도 쏠쏠했다. 어둑해지자, 안 그래도 예쁘장한 건물들에 하나둘 조명까지 들어와 몽환적인 야경이 연출됐다.

아내와 나는 한국에서 준비해간 컵라면을 들고 발코니로 나갔다. 점심 식사를 샌드위치로 대충 때워 배가 무척 고팠지만 다시 그 가파른 비탈길을 내려가 중심가에서 뭘 사 먹고 돌아올 엄두는 나지 않았다.

10월인데도 알프스의 맑고 쌀쌀한 저녁 산 공기엔 벌써 초겨울 내음이 가득했다. 숨을 내쉴 때마다 뽀얀 입김

여행의 핑계

여행의 핑계

까지 뿜어져 나왔다. 몸이 살짝 떨리는 상쾌한 싸늘함 속에 야외에서 맛보는 뜨끈하고 매콤한 한국의 컵라면이란……. 가공식품 따위에 철을 따지는 게 우습지만, 컵라면에 제철이 있다면 바로 이런 시기가 아닐까.

더구나 그 전망이 어디 보통 풍경인가. 해가 지면서 시시각각 다른 맵시를 뽐내는 마터호른 산과 체어마트의 야경을 만끽하며 먹는 컵라면은 고급 레스토랑의 산해진미 못지않게 호화로웠다. 내 인생에서 컵라면 맛이 가장 훌륭했던 순간을 꼽자면 단연 그때가 아니었나 싶다.

그렇게 허기를 채운 뒤 우리 부부는 외출해서 돌아다니는 대신 그냥 침대에 누워 창 너머의 마터호른 산을 실컷 감상했다. 결과적으로는 아주 현명한 선택이었다. 체어마트에 머문 2박 3일 동안 마터호른 산의 자태를 오롯이 누릴 수 있었던 건 첫날 저녁 호텔 정문 앞과 객실에서 바라본 몇 시간이 전부였기 때문이다. 다음 날 우리는 케이블카를 타고 해발 2,288미터에 위치한 수네가 Sunnegga 전망대에 올라갔고, 그 일대에서 하이킹을 즐기며 마터호른 산을 더 가까이 실컷 감상하려 했다. 하지만 온종일 산봉우리에 구름이 걸린 탓에 불완전체만 마주할 수 있었다. 셋째 날엔 자욱한 안개가 체어마트에 내려앉아 산 전체가 아예 사라져버렸다.

여담인데, 나중에 알고보니 호텔 알펜로열엔 비탈 위 아래를 편하게 오가도록 산에 동굴을 뚫어 마련한 전용 엘리베이터가 있었다. 투숙객은 호텔 측에서 알려준 비밀번호를 누르면 이용할 수 있다. 그러니까 역에서 찾아갈 때 힘들게 비탈길을 걸어 올라갈 필요가 없었던 것이다. 호텔에서 예약 확정 메일을 보내줄 때 이런 정보도 기재돼 있었는데 꼼꼼하게 확인하지 않은 탓에 괜한 고생을 했다.

아무튼 시간에 구애받지 않고 객실 창가에시 랜드마크를 누릴 수 있는 호텔 로한이나 호텔 알펜로열 같은 곳들은 수면과 휴식의 공간인 숙박업소를 나만의 특별한 여행 명소로 만들어준다. 전망이 좋은 호텔만 그런 게 아니다. 건물 자체에 스토리가 깃든 곳에서도 숙박은 여행의 일부가 된다. 이집트 아스완에서 묵었던 캐터랙트 호텔이 그랬다.

# 캐터랙트 호텔이 품은 스토리,
# 애거사 크리스티

### † 캐터랙트와의 첫 만남

"아스완Aswan에 오신 걸 환영합니다."

프런트 데스크의 나이 지긋한 직원이 환한 미소를 지으며 유창한 영어로 반갑게 인사를 건넸다. 제복을 깔끔하게 각 잡아 갖춰 입었는데도 푸근한 뱃살과 덥수룩한 콧수염 덕분인지 정감이 가는 서글서글한 인상이었다.

"안녕하세요."

"저희 직원에게 전해 들었어요. 오시는 길에 택시에서 기분 상하는 일을 겪으셨다고요."

택시를 타고 캐터랙트Cataract 호텔 앞에 도착해서, 기사와 요금 시비로 실랑이를 벌인 터였다. 아스완에서만 그랬던 건 아니다. 이집트에선 가는 곳마다 여행자를 등쳐먹으려는 택시 기사들 때문에 내내 갈등을 빚었다. 이번엔 멱살잡이 직전까지 갈 정도로 좀 심각하긴 했다. 벨보이가 노련하게 중재해줘서 다행히 잘 마무리되었는데, 내가 로비에서 잠시 기다리는 동안 프런트 데스크까지 벌써 자초지종이 전해진 모양이다.

"그러게나 말이에요. 이집트는 참 아름다운데, 이 나라의 택시 기사들은 도무지 그렇지가 않네요."

"정말 유감입니다, 손님."

체크인 수속을 위해 여권과 신용카드를 건네받은 그가 물었다.

"아스완에는 아부심벨 신전Abu Simbel Temple을 보러 오신 건가요?"

"네, 내일 새벽에 가려고요."

아부심벨 신전은 3,300여 년 전, 고대 이집트의 최선성기인 제19왕조 람세스 2세 시대에 건립된 석굴 사원이다. 기자 피라미드Giza Pyramid, 룩소르Luxor 카르나크Karnak 신전과 함께 이집트 유적지 여행의 백미로 꼽히는 명소다. 이 책은 여행지를 소개하는 가이드북이 아니므로 더 이상의 설명은 생략하겠지만, 어쨌든 아스완은 아부심벨 신전 관광의 기점이 되는 도시다. 아스완 시내 곳곳에 다른 유적들도 있긴 하지만, 카이로Cairo에서 야간열차를 타고 무려 15시간이나 걸려 아스완까지 찾아온 목적은 오로지 아부심벨 신전에 가기 위해서였다.

그렇다고 아스완이 아부심벨 신전 근처에 있느냐 하

면, 그건 아니다. 아스완에서 아부심벨 신전까지는 약 290킬로미터, 서울에서 대구까지의 거리와 비슷하다. 차로 왕복 7~8시간이나 걸린다. 물론 신전 바로 코앞에는 아부심벨 마을이 자리해 있고 그곳에도 작은 공항과 숙박업소들이 들어서 있지만, 외국인 여행자들은 주로 아스완에 머문다. 나일 강을 따라 남북을 오가는 열차의 남쪽 종점이 아스완이기도 하거니와 그 이남 지역의 치안이 영 불안하기 때문이다.

2007년 내가 방문했던 때엔 아스완에서 아부심벨 신전을 오가는 관광버스가 하루에 딱 두 차례, 새벽 4시와 오전 11시에 시내의 한 장소에 집결해서 기관총으로 중무장한 경찰들의 호위를 받으며 출발해야 했다. 버스들이 일렬로 달리고 그 맨 앞과 맨 뒤에 경찰차가 배치되는 식이었다. 사막 위에 뚫린 그 도로에선 외국인 관광객을 노린 테러가 자주 발생했고 희생자도 다수 나왔다고 한다. 그러니까 조금 과장하자면 목숨을 건 여행이었던 셈이다. 직접 가보니, 그럴 만한 가치가 있겠다 싶을 정도로 대단한 유적이긴 했다.

그 숙소의 핑계

"그런데 손님, 한국에서 저희 호텔을 어떻게 알고 예약하신 건지 여쭤도 될까요?"

직원이 내 여권을 복사하면서 친근하게 대화를 이어갔다.

"제가 애거사 크리스티의 엄청난 팬이거든요."

"아, 역시 손님도 그러시군요!"

'뜬금없이 웬 애거사 크리스티?'라고 생각하는 분도 있을 텐데, 아스완 기차역 주변의 많고 많은 호텔을 세치고 하필 택시까지 타고 와야 하는 이곳 캐터랙트 호텔(현재는 '소피텔 레전드 올드 캐터랙트 아스완Sofitel Legend Old Cataract Aswan'으로 명칭이 바뀌었다)을 고른 핑계는 진짜 순전히 애거사 크리스티 때문이었다. 나뿐 아니라 그녀의 작품을 사랑하는 전 세계 독자에게 이 호텔은 성지 같은 장소다. 크리스티의 대표작 중 하나인 《나일 강의 죽음》이 바로 여기서 잉태됐기 때문이다.

어렸을 적부터 영국 추리소설에 푹 빠져 살았다. 아서 코난 도일의 셜록 홈즈 시리즈와 애거사 크리스티 전집은 내 방의 책장을 상당 부분 점령하고 있었다. 몇 번이고 다시 읽다보니 나중엔 표지가 다 해져 찢겨나갈 정도였다.

둘 다 좋았지만, 나에겐 크리스티의 작품이 더 흥미로웠다. 셜록 홈즈 시리즈의 스토리가 사건의 실마리를 냉철하게 풀어 범인을 밝혀내는 과정에 주목한다면, 애거사 크리스티의 소설은 복잡한 인간사와 그 속에서 드러나는 등장인물들의 미묘한 심리 묘사가 돋보인다. 그래서 상상과 공감이 더 잘된다고나 할까. 문학평론을 할 주제는 못 되지만, 그렇게 느껴졌다.

그녀의 소설을 각색한 영화나 드라마도 보고 또 봤다. 여담이지만 영상물은 아무래도 원작과 다른 경우가 많아 아쉬움이 남긴 했다. 가령, 내가 인상 깊게 읽은 소설 《창백한 말》은 영국 ITV에서 2010년 방영한 드라마 〈미스 마플〉 시즌5의 첫 에피소드였는데, 원작은 마플을 등장시키지 않았던 작품이라서 드라마의 인물 설정이 뒤죽박죽 꼬였다. 그래도 이건 약과다. 2020년 영국 BBC가 선보인 드라마 〈창백한 말〉의 각색은 원작을 끔찍하게 난도질해놓아 보기 불편할 정도였다. 결국 하고 싶은 얘기는, 책이든 드라마든 영화든 가리지 않고 애거사 크리스티의 작품을 열심히 찾아보며 몇 번이나 곱씹을 정도로 내가 마니아라는 사실이다. 그녀의 자취를 좇아 호텔을 예약할 정도였으니 말 다했다.

## † '범죄의 여왕'의 특별한 숙박

애거사 크리스티가 이집트를 처음 방문한 건 십대 후반 겨울이었다. 영국이 이집트의 행정력을 장악해 사실상 식민통치하던 시절이다. 이미 수도 카이로엔 수많은 영국인이 거주하면서 커뮤니티를 형성하고 있었다. 겨울 날씨가 따뜻하고 이국적 분위기까지 물씬 풍기면서 물가가 싼 이집트는 그 무렵 영국인들의 휴양지로 각광받았다. 젊은 시절의 크리스티 역시 어머니의 요양과 생활비 절약을 위해(당시 경제적 어려움을 겪고 있었다고 한다) 이집트로 건너왔는데, 3개월 동안 카이로에서만 지내다가 떠났다.

이집트는 고대문명의 발상지 중 한 곳으로 얘기되곤 한다. 특히 인류사의 그 위대한 종적이 비교적 온전하게 남아 있는 지역이다. 많은 부모가 그러하듯, 크리스티의 어머니도 자식의 견문을 넓혀주고자 틈만 나면 박물관이나 유적지를 데려가려 했다. 하지만 많은 자식이 그러하듯, 크리스티는 지루하다며 한사코 거절했다. 청춘의 크리스티는 허구한 날 영국식 댄스홀에 춤이나 추러 다니면서 남자들과 데이트를 즐기는 데 꽂혀 있었다. 세월이 한참 흐른 뒤 집필한 자서전(1977년)에서 "카이로는 어린 소녀에겐 유희로 가득한 꿈이었다"고 회고했을 정도다.

온통 노는 데 정신이 팔려 있긴 했지만, 이집트에서 보낸 3개월이 그녀의 삶에서 아예 의미가 없었던 건 아니다. 카이로에서의 경험을 토대로 첫 소설인 《사막 위에 내린 눈》을 집필한 것이다. 물론 철부지 소녀 감성으로 쓴, 깊이 없는 습작은 출간에 실패했다. 하지만 이 습작을 이웃에 살던 유명 추리소설 작가 이든 필포츠에게 보여주고 조언을 구한 게 그녀가 추리소설계에 발을 들이는 계기가 됐다.

이후에도 이집트를 몇 차례 찾았던 크리스티가 아스완의 캐터랙트 호텔에 숙박한 건 1930년대로, 추리소설 작가로서 큰 성공을 거둬 '범죄의 여왕'으로 명성을 떨칠 때다. 그사이 그녀의 삶은 소설보다 더 드라마틱한 일들로 가득했다. 약혼과 파혼, 결혼과 출산, 남편의 외도와 이혼, 정신적 지주였던 어머니의 죽음, 충격으로 인한 기억상실증과 실종 사건(이건 자작극이었다는 설이 제기된 다), 그리고 연하남과의 재혼까지……

크리스티보다 14살이나 어린 두 번째 남편 맥스 맬로 원은 열정적인 고고학자였다. 그녀는 남편을 따라 유물 발굴 현장 등 중동의 역사적 장소들을 누비고 다녔다. 처 녀 시절에 박물관이나 유적지 좀 가보자는 어머니의 줄 기찬 권유는 귓등으로도 안 듣던 그녀가 남편의 영향을 받아 이집트 고대사에 매료된 건 그즈음이다(역시 사랑의 힘은 대단하다). 나일 강의 증기선 크루즈를 타고 이집트 를 일주하며 고대 유적을 찾아다녔다. 그러디기 이스완 의 캐터랙트 호텔에서 남편과 무려 일 년 가까이 장기 투 숙을 했다고 한다. 그때 집필한 작품이 《나일 강의 죽음》 (1937년)이다. 호텔 생활이 무척이나 마음에 들었던 건 지, 그녀는 캐터랙트 호텔을 작품의 주요 공간으로 등장 시키기도 했다.


"저 사람이 에르퀼 푸아로야, 바로 그 탐정."

앨러튼 부인이 말을 꺼냈다.

부인과 그녀의 아들은 아스완의 캐터랙트 호텔 야외에 마련된 다홍빛 라탄 의자에 앉아 있었다. 두 사람은 새하얀 실크 정장을 입은 키 작은 남자와 훤칠한 젊은 여자의 뒷모습을 살피는 중이었다.

— 2부 1장 본문 중에서 (*Death on the Niles*, Collins, p. 32)

저녁 식사가 끝났다. 캐터랙트 호텔의 야외 테라스엔 어스름이 깔렸다. 대부분의 호텔 투숙객들이 작은 테이블을 여럿 놓은 그곳에 나와 앉아 있었다.

— 2부 2장 본문 중에서 (*Death on the Niles*, Collins, p. 40)

세계적인 추리소설 작가가 일 년이나 머물면서 작품을 쓴 호텔이다. 더구나 호텔이 바로 그 작품에 본명을 달고 배경으로 나온다. 소설을 원작으로 한 1978년 영화 〈나일 살인사건〉(한국 개봉 당시 제목)도 스크린에 이 호텔을 등장시켰다. 그런데 심지어 지금도 온전히 자리를 지키며 영업 중이다. 소설과 영화는 픽션이지만 픽션 속 호텔은 논픽션인 것이다.

그러니 애거사 크리스티의 팬이라면 소설에서 튀어나온, 혹은 소설 속으로 집어넣어진 이 호텔을 그냥 지나칠 수 없다. 물론 호텔에 투숙하겠다는 목적만으로 그 멀고 먼 이집트 남부 깊숙한 곳의 아스완까지 찾아가는 경우는 극히 드물 것이다. 하지만 아부심벨 신전을 보러 가기 위해 어차피 아스완에서 머물러야 한다면, 그 여정을 핑계 삼아 캐터랙트 호텔에서 하룻밤을 보내는 건 충분히 가능하다. 애거사 크리스티의 작품을 남달리 사랑하는 독자들에겐 인생에 길이 남을 특별한 경험이 될 게 분명하다. 《나일 강의 죽음》의 생생한 현장을 직접 눈으로 마주하고, 오래전 그곳에 남기고 간 작가의 숨결을 감응해 본다는 점에서 말이다. 나도 그중 한 사람이었다.

† 코너 스위트? 슈크랑 슈크랑! 행운이 찾아오다

"예약하신 게 뉴 캐터랙트 호텔의 스탠더드 룸이죠? 애거사 크리스티의 엄청난 팬이라고 하시니 저희가 특별히 객실을 업그레이드 해드렸습니다. 코너 스위트예요. 전망이 가장 좋은 방인데, 애거사 크리스티가 머물렀던 객실이 아주 잘 보이죠. 택시 때문에 속상했던 건 부디 그만 잊어주세요."

객실 카드 키를 건네는 프런트 데스크 직원의 말에 눈이 동그래졌다. 이게 웬 횡재인가! 제일 싼 스탠더드 룸을 예약했는데 갑자기 코너 스위트, 게다가 애거사 크리스티의 객실이 잘 보이는 방이라니! 황송하고 당황해서 직원에게 "슈크랑!"(아랍어로 '고맙습니다')만 연신 외쳤다.

당시 캐터랙트 호텔엔 건물이 두 채가 있었다. 2008년 호텔 내외부를 대대적으로 손본 뒤 지금은 하나로 연결돼 각각 '팰리스 윙'과 '나일 윙'으로 불리는 모양인데, 내가 아스완에 갔던 2007년만 해도 두 곳이 별도의 체계로 운영됐다. 구관인 올드 캐터랙트 호텔(팰리스 윙)은 5성급인 반면, 신관인 뉴 캐터랙트 호텔(나일 윙)은 4성급으로 등급부터 달랐다. 나는 그중 뉴 캐터랙트 호텔에 투숙했다.

설명을 보태자면 구관, 즉 올드 캐터랙트 호텔은 1899년 영국인 관광업자 토머스 쿡이 설립해 그 역사가 100년이 훌쩍 넘었다. 쿡은 당시 유럽 부유층 사이에서 나일 강 크루즈 여행이 인기가 높아지자 아스완이 남부 관광의 중심지가 될 것으로 보고 지금의 자리에 사업 터전을 잡았단다. 부자 손님들의 눈높이에 맞춰 호텔은 초호화 건물로 탄생했다. 외관은 빅토리아 양식의 궁전처럼, 내관은 아랍 분위기가 물씬 풍기는 화려한 무어 양식으로 꾸몄다.

그 숙소의 핑계

호텔은 곧 유럽 각국의 유명 인사들이 찾아오는 명소로 부상했다. 초창기 투숙객 명단엔 훗날 영국 총리에 오른 윈스턴 처칠의 이름도 있었다. 1902년, 당시 하원의원이었던 처칠은 영국이 건립한 아스완 댐 준공식에 참석하면서 캐터랙트 호텔과 처음 연을 맺었다. 이때 이 호텔의 매력에 푹 빠진 그는 이후 휴가 때면 꾸준히 찾아와 머물다 갔다고 한다. 처칠 말고도 올드 캐터랙트 호텔에는 다이애나 왕세자비를 비롯해 러시아의 마지막 황제인 니콜라이 2세, 지미 카터 전 미국 대통령, 프랑수아 미테랑 전 프랑스 대통령, 마거릿 대처 전 영국 총리 등 세계적인 명사들이 줄줄이 투숙했다. 애거사 크리스티가 묵었던 곳도 올드 캐터랙트 호텔이었다.

신관인 뉴 캐터랙트 호텔은 1961년 기존 건물 옆에 추가로 지어졌다. 이집트가 독립해 영국 침략자들을 몰아낸 뒤다. 유럽 부유층을 겨냥했던 캐터랙트 호텔의 숙박비가 워낙 비싸다보니 새 호텔 건물을 상대적으로 저가의 보급형으로 마련해 손님 층을 확대시킬 목적이었다고 한다. 이후 증축하면서 새 건물의 높이는 9층까지 솟았다. 그러면서 캐터랙트 호텔의 기존 건물은 올드 캐터랙트로, 새 건물은 뉴 캐터랙트로 구분지어 부르게 됐다.

화려한 올드 캐터랙트 호텔에 비하면 뉴 캐터랙트 호텔은 소박하다 못해 삭막했다(리모델링 이후 지금은 사뭇 달라진 모습인 듯하다). 철저하게 수지 타산만 쫓아 건축비를 최소화시킨 건물이라서 고급스런 호텔의 느낌은 전혀 풍기지 않았다. 얼마나 볼품없었는지 직원들 사이에선 '병원'이라는 별명으로 불렸다고도 한다.

올드 캐터랙트에 비해 초라해 보이기는 해도, 뉴 캐터랙트 호텔에도 나름의 역사는 있다. '키신저 외교'로 유명한 미국의 전 국무장관 헨리 키신저는 1973년 뉴 캐터랙트 호텔에 머물면서 욤 키푸르 전쟁의 휴전 협상을 마무리 지었다. 이를 계기로 소련 쪽에 기울었던 이집트 외교정책 나침반의 자침이 차차 미국으로 넘어가게 되었다고 한다.

키신저는 회고록 《격동의 세월Years of Upheaval》을 통해 이 호텔에 대한 감상을 밝히기도 했다. 올드 캐터랙트 호텔이 이집트를 식민통치했던 영국의 허세 가득한 귀족적 취향을 머금은 반면, 뉴 캐터랙트 호텔은 소련이 가져온 새로운 제국주의 분위기에 딱 들어맞는다고 비교한 것이다. 독립 이후 이집트가 친소련 외교 노선을 취한 것이 건축 디자인에도 반영됐다는 소감이었다. 심지어 "투숙객의 편의를 배려하는 게 공산주의가 깨부수려는 개인주의를 인정하는 셈이라도 된다는 듯, 호텔 내부의 모든 것이 오로지 실용성 위주이고 조잡했다"는 악평까지 덧붙였다.

내가 여행할 당시에도 '올드'와 '뉴'의 수준 차이는 컸다. 물론 숙박비 차이도 컸다. 애거사 크리스티를 보고 예약한 호텔이니, 당연히 원조 격인 올드 캐터랙트 호텔에 묵고 싶은 마음이 없었을 리 만무하다. 하지만 내 여행비 예산으로는 그 숙박비를 도저히 감당하기 어려웠다. 그래서 꿩 대신 닭으로 선택한 게 뉴 캐티랙트 호텔의 스탠더드 룸이었다. 어차피 로비, 레스토랑, 정원 등 올드 캐터랙트 호텔의 모든 시설을 신관 투숙객들도 공동으로 사용하니까 크게 개의치 않았다.

그런데 같은 건물이긴 해도 스탠더드 룸 숙박비로 코너 스위트에 투숙하게 해준다니, 이건 제대로 수지맞았다. 무엇보다 애거사 크리스티의 방이 잘 보인다는 점에 잔뜩 설렜다.

방문을 열고 들어갔을 때 우선 놀란 건 객실 규모였다. 침실과 거실 공간이 따로 구분돼 있고, 그 사이로 넉넉한 크기의 욕실이 있었다. 침실도 무척 넓었지만 거실 역시 웬만한 싱글 룸 크기였다. 그 옆에는 드레스 룸에 버금가는 커다란 옷장도 구비돼 있었다. 혼자 쓰기엔 너무 아까울 정도였다.

물론 "실용성 위주이고 조잡"하다는 키신저의 지적은 정확했다. 소련과 공산주의를 극도로 혐오했던 미국 유대인 자본주의자의 괜한 트집이 아니었다. 명색이 코너 스위트인데도 실내 인테리어는 단순하기 그지없었다. 딱 있어야 할 것만 구비하고 있었다. 4성급 호텔인데 침대보 위에 머리카락 몇 가닥이 붙어 있기도 했다. 하지만 발코니에 나가자 그런 자잘한 불만쯤은 순식간에 사라졌다.

절경. 숨이 턱 하고 멎을 만큼 가슴 벅찬 경치가 눈동자 안으로 쏟아져 들어왔다. 웅장하게 펼쳐진 창공과 그 아래로 굽이굽이 흘러가는 나일 강. 하늘의 퍼런 기운을 한껏 머금은 잔잔한 수면 위에선 순백의 요트들이 날렵

여행의 핑계

한 삼각돛을 펼친 채 유유히 떠다녔다. 강 너머 맞은편엔 코끼리의 상아처럼 굽어진 엘레판티네Elephantine 섬이 보였다. 큼직큼직한 야자수 무리가 강변을 싱그럽게 물들였다. 시선을 더 멀리 보내니 하늘 끝과 맞닿은 지평선에 사막의 거대한 흙빛 구릉이 대지를 나지막이 감싸 안고 있었다. 그리고 한옆에 백 년 전 자태로 다소곳이 앉은 올드 캐터랙트 호텔……. 앞서 소개한 호텔 로한이나 호텔 알펜로열을 비롯해 지금껏 여행 다니면서 머무른 수많은 숙소의 그 어떤 창밖 풍경을 능가하는, 인생 최고의 호텔 방 전망이었다.

발코니에 발목이 박히기라도 한 듯, 그렇게 한참을 넋 놓고 서서 경치를 감상했다. 야간열차에서 쌓인 피로와 택시비 시비로 인한 스트레스 따위는 거짓말처럼 싹 날아갔다.

호텔 직원이 말한 대로 애거사 크리스티의 객실도 또렷이 보였다. 요트가 떠다니는 나일 강을 배경으로 《나일 강의 죽음》의 이야기가 만들어진 곳을 보고 있자니 소설의 장면들이 떠올랐다. 사이먼과 리넷 부부는 캐터랙트 호텔 앞 강변에서 그림 같은 요트를 타고 인근의 필레 섬을 구경하러 떠난다. 행복해하는 두 사람을, 재클린

이 호텔 발코니에서 물끄러미 지켜본다. 작품 속의 이런 묘사 하나하나가 한결 생생하게 그려졌다.

크리스티가 고대 이집트를 배경으로 쓴 《마지막으로 죽음이 오다》(1944년)의 한 대목도 생각났다. 나일 강을 오가며 무역하는 거상 임호테프가 타지에서 만난 젊은 새 아내를 거룻배에 태우고 위풍당당하게 집으로 돌아와 강둑에서 전처의 자식들과 신경전을 벌이는 부분이다. 저 멀리서 검푸른 강물을 거슬러 임호테프가 당장이라도 이쪽으로 다가올 것만 같았다. 내 눈앞에 펼쳐진 바로 이 나일 깅의 절경을 보고, 에기사 크리스티도 이곳에 머무는 내내 감탄했을 것이다. '그래서 소설 속에 그토록 소상히 담아내지 않았을까' 하는 생각에 얼른 카메라를 챙겨와 기념사진을 남겼다.

금강산도 식후경. 그렇게 멋진 풍경을 보면서도 어김없이 배꼽시계는 울렸다. 절경을 뒤로하고 호텔을 나섰다. 근처 강변의 음식점에 들어가 야외석에서 감자튀김을 곁들인 생선튀김으로 점심식사를 했다. 주인 말로는 나일 강에서 아침에 잡아 올린 신선한 민물생선이라고 했다. 생선살이 푸석푸석한 게 맛은 그저 그랬지만 싱그러운 강바람 덕분인지 그럭저럭 넘어갔다.

끼니를 때우고 다시 호텔로 돌아와 컨시어지에 믿을 만한 택시를 섭외해달라고 부탁했다. 요금을 좀 더 내더라도 그게 정신 건강에 이로울 것 같았다. 오후엔 택시를 대절해 필레Philae 섬과 아스완 댐 같은 지역 명소들을 관광했다.

하루 여정을 끝내고 캐터랙트 호텔로 복귀한 건 태양이 서편으로 기운 늦은 오후였다. 다음 날 아부심벨 신전에 다녀오려면 늦어도 새벽 2시 반쯤엔 일어나야 했다. 버스 픽업 시간이 새벽 3시였기 때문이다. 호텔 안의 레스토랑을 찾아갔다. 무어 양식의 화려한 줄무늬 아치 기둥으로 둘러싸인 식당 내부는 스페인 코르도바의 메스키타 사원Mezquita-catedral de Córdoba을 그대로 옮겨놓은 것 같은 분위기였다. 저녁 식사를 먹기에는 이른 감이 있었지만 일찍 자야 한다는 조바심에 서둘러 배를 채웠다.

식사를 마친 뒤 객실로 돌아가기 전에 소화도 시킬 겸 강가에 조성된 호텔 정원에서 잠깐 산책하려고 나가봤다. 마침 해질 무렵이라 노을이 지고 있었다.

쨍했던 아침과 달리 아스완의 어둑해지는 하늘엔 세필붓으로 살포시 칠해놓기라도 한 듯, 깃털처럼 쭉 뻗은 하얀 새털구름이 군데군데 드리워져 있었다. 발그레하

그 숙소의 핑계

여행의 핑계

면서도 푸르스름한 상공의 그러데이션이 나일 강 위에 거울처럼 비치면서 하늘과 땅에 맑은 수채화를 그려놓은 듯 다채로운 빛깔을 덧씌웠다.

그 모습에 반해 나는 또 꼼짝없이 강가에 서 있게 됐다. 결국 해가 다 저물었다. 일찍 자겠다는 계획은 틀어졌지만 최고의 석양과 일몰을 만끽했으니 괜찮았다. 요즘도 그날 해질 녘의 나일 강 풍경이 가끔 떠오르곤 한다. 아마 죽기 직전 머릿속을 휙휙 스쳐간다는 주마등에서도 한 프레임을 차지하지 않을까 싶다.

† 숙소가 품은 이야기, 내게 남은 이야기

나에게 캐터랙트 호텔이 그랬듯이, 몇 번이나 읽고 보았던 소설과 영화와 드라마의 장면들을 연상하며 객실 창문 밖 풍경을 감상하거나 로비와 레스토랑을 둘러보는 경험은 숙박도 여행의 일부로 만들어버린다. 그런 곳에서 하룻밤을 보내면 "잘 잤다"는 말이 (수면시간이 충분했다는 얘기가 아니라) 절로 나온다.

캐터랙트 호텔은 애거사 크리스티 팬들의 이런 수요를 정확히 간파해 장사에 적극 활용하는 곳이다. 호텔 이

곳저곳에서 그녀와 관련된 사진 등 각종 기록물이 심심
찮게 보였다. 심지어 애거사 크리스티의 이름을 딴 스위
트 룸도 있다. 실제로 그녀가 《나일 강의 죽음》을 집필
했던 객실을 개조한 것이라고 한다. 호텔에서 가장 규모
가 크고 럭셔리하면서 숙박료가 비싼 방이다. 객실 출입
문에 애거사 크리스티의 이름 알파벳을 큼지막하게 박
았고, 방 안에는 그녀가 사용했던 책상이며 각종 집기까
지 재현해놓았다. 어머어마한 숙박료 때문에 나는 엄두
가 나지 않았지만, 돈 많은 팬이라면 꼭 한번 자보고 싶
을 깃 같긴 하다. 요즘은 투숙객이 없는 날엔 하루 한 차
례씩 객실을 둘러보는 투어 프로그램도 운영 중이라고
한다. 이런 노력이 상술의 일환일 수도 있겠으나, 아무
튼 애거사 크리스티의 팬들에게 엄청난 호응을 얻고 있
는 건 분명하다. 덧붙이자면, 이 호텔을 거쳐 간 전 세계
의 수많은 명사 가운데 애거사 크리스티처럼 객실에 자
신의 이름이 내걸리는 영광을 거머쥔 사람이 한 명 더 있
다. 윈스턴 처칠이다. 처칠 스위트 룸은 두 번째로 크고
두 번째로 비싼 객실이다.

　꼭 작가나 명사 등과 연관 짓지 않아도, 세계 곳곳엔
저마다의 스토리를 품고 있는 숙박시설이 참 많다. 가령

오스트리아 빈Wien에는 이 고장의 유명한 초콜릿 케이크인 자허 토르테를 탄생시킨 자허 호텔Hotel Sacher Wien이, 영국 런던에는 전시戰時에 비밀 정보기관 MI5와 MI6의 본부로 사용됐던 로열 호스가즈 호텔The Royal Horseguards Hotel이 있다. 초콜릿 마니아라면 자허 호텔에서 하룻밤 묵으며 먹어보는 자허 토르테 맛이 인생에 길이 남을 것이요, 영화 '007' 시리즈의 팬이라면 로열 호스가즈 호텔의 구석구석을 살펴보며 그 안에서 보내는 매 순간이 흥미진진할 게 분명하다.

어차피 그 지역에 간다면, 그런데 마침 스토리가 마음에 들거나 평소 관심사와 딱 맞는 숙소가 그 지역에 있다면, 어차피 어디서든 잠은 자야 한다는 걸 핑계 삼아 그런 곳에서 투숙해보는 경험은 여행을 한결 풍성하게 해줄 것이다. 당연한 얘기지만, 추억은 돈으로도 살 수 없다. 여행의 추억은 오직 직접 가서 보고 겪은 경험으로만 만들어진다.

- 멀쩡해 보이는데 숙박비가 유독 저렴한 호텔을 피한다.
— 기차역이나 터미널 같은 교통의 요지, 혹은 중심지로부터 멀리 떨어져
  생뚱맞은 곳에 있는 경우가 많다.
— 저렴한 방은 흡연실 같은 악조건이 뒤따르게 마련이라, 반드시 확인.
— 호텔 객실 시설이나 서비스에 문제가 있다면 참지 말고 개선이나
  객실 교체를 요구한다.
— 간혹 유럽 호텔에서는 아시아 투숙객은 얌전하다(별로 좋지 않은 의미로)는
  인식 때문인지 문제가 발생해도 적극적으로 해결해주지 않으려는
  태도를 보이는 경우가 있다.
— 호텔 체인인 경우, "본사에서 당신들의 이런 서비스 수준에 대해
  알고 있느냐"와 같은 식으로 따져 물을 수 있다.

- 프라이스라인 같은 호텔 비딩 사이트가 선택해준 호텔들은
  비딩 조건과 달리 심각하게 낙후되거나 서비스가 형편없는 숙소들이 많다.

- 구글 맵을 적극적으로 활용해보자.
— 일단, 구글 맵에서 목적지의 역이나 터미널을 찾는다.
— 도보로 십 분 이내의 숙소를 첫 번째 조건으로 검색한다.
— 스트리트 뷰 기능을 활용해 경로상의 지형, 건물, 간판 등의 생김새도
  사진으로 미리 파악한다. 기억력에 자신이 없다면 경로상의 풍경 사진들을
  작은 크기로 편집해 순서대로 늘어놓고 인쇄해 가져간다. 로밍 서비스가
  끊기는 비상시엔 이런 아날로그식 인쇄물이 큰 도움이 된다.
— 호텔별 최저가 숙박비와 그 조건을 제시한 예약 사이트를 체크한다.

- 대기업에서 운영하는 체인 호텔이 아닌, 개인이 운영하는 소규모 호텔들은 간혹 숙박비 흥정이 가능한 경우가 있으니 확인해보면 좋다.

- 예약 메일에 있는 주의사항, 가는 길 등을 꼼꼼하게 확인한다.

그 숙소의 핑계

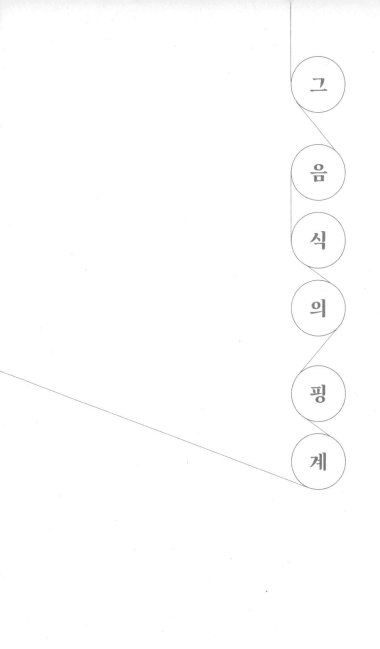

그
음
식
의
핑
계

아무 성과 없이 숙소로 돌아오면서

'그래, 기왕 이렇게 된 것, 그 핑계로

무로란에서 저녁 식사라도 맛있게 먹어보자'라는

보상심리가 마구 동한 건 당연지사.

## 무로란의 바다안개

"x됐네."

험한 말이 절로 튀어나온다. 열차를 두 번이나 갈아타고, 또 버스로 갈아타고, 다시 언덕길을 헉헉거리며 힘들게 걸어 올라왔는데 이게 무슨…….

헛걸음, 이 상황에 딱 맞는 말이다.


† 평계의 전조였나, 모두 다 헛걸음이었다

2019년 5월, 그때 내가 서 있던 곳은 일본 홋카이도北海道 남서부에 위치한 무로란室蘭 시의 지큐미사키地球岬 전망대였다. '미사키岬'는 육지에서 바다를 향해 뾰족하게 튀어나온 지형의 끝자락인 '곳'을 뜻하는 일본어다.

태평양을 마주하는 곳인 지큐미사키는 해발고도 100미터 정도 높이의 절벽으로 이뤄져 있다. 덕분에 전망대에 올라서면 동쪽으로는 14킬로미터까지 뻗어나간 새파란 바다 끝의 수평선이, 멀리 서쪽으로는 우치우라 만内浦灣 건너편에 쭉 이어진 해안 구릉지가 보인다'고 한다'. 지형의 특성상 좌우로 가리는 것 없이 시야가 넓어, 지구는 둥글다는 진리를 확실히 체감하게 된다'고 한다'(그래서 '지큐'라는 지명이 유래된 건 아니다). 또한, 1920년 세워진 지큐미사키 등대와 절벽 아래 바위들에 부딪혀 하얗게 부서지는 거대한 피도 역시 유명한 볼거리'라고 한'다. 얼마나 절경이냐면, 1985년 일본 《아사히신문》이 선정한 '홋카이도 100대 자연경관'에서 1위를 차지했을 정도다. 그런데 이런 좋은 곳까지 찾아와 나는 어쩌다 헛걸음했다며 욕설을 내뱉게 됐을까.

다름 아닌 바다안개 때문이었다. 해무海霧라고도 하는 바다안개는 해면의 온도차로 공기가 이동할 때 생기는 자연현상이다. 이게 바닷물 위에서 모락모락 피어나는 정도면 환상적으로 보이지만, 너무 심할 때는 구름 속으로 들어간 여객기의 창밖 풍경처럼 주변이 온통 새하얗게 페이드아웃 상태에 빠져 아무것도 보이지 않는다. 하

그 음식의 핑계

필 내가 지큐미사키에 도착했을 때엔 안개의 농도가 무척 심해서 해상 안전 경보가 발령될 정도였다. 게다가 안개가 해풍을 타고 육지 쪽으로 무섭게 밀려드는 통에 겨우 몇 미터 앞에 떨어진 사물도 잘 보이지 않았다. 이에 지큐미사키 전망대 앞은 온통 희뿌연 수증기로 가득했고, 수평선이나 구릉지는커녕 바로 앞의 등대조차 온전히 볼 수 없었다. 홋카이도의 태평양 인접 해안에선 여름 동안 이런 바다안개가 종종 발생한다고 한다. 특히 그중에서도 무로란은 바다안개에 자주 뒤덮이는 도시로 알려져 있다.

그냥 여행이었다면 '운이 없네' 하고 넘길 수도 있었을 것이다. 하지만 그게 아니었다. 당시 준비하고 있던 책의 취재를 겸해, 책에 넣을 사진을 촬영하러 일부러 돈과 시간을 들여 찾아간 여행 겸 출장길이었다.

혹시나 싶어 안개가 걷히길 기다리며 네 시간도 넘게 머물러봤지만, 결국 무로란을 찾아간 일은 헛걸음이 됐다. 지큐미사키 주변엔 '무로란 8경'으로 꼽힌다는 긴뵤부銀屛風, 톳카리쇼トッカリショ 등 해안 기암절벽이 있는데, 그 명소들의 사진이라도 건져볼까 싶어 돌아다녔으나 역시 헛걸음. 다들 뿌옇게 덮여 좀처럼 근사한 풍경이

나오지 않았다.

　난감한 상황은 여기서 끝난 게 아니었다. 무로란은 삿포로札幌, 오타루小樽, 하코다테函館 같은 홋카이도의 다른 관광도시들과 달리 워낙 심심한 곳이다. 자연경관 말고는 딱히 흥미로운 볼거리가 없다. 그나마 꼽히는 게 공장 야경 정도다. 덧붙이자면, 무로란은 근대 이후 공업 항구 도시로 육성된 지역이다. 이후 1960년대 고도성장기에 제철 산업이 크게 발달해 '철의 도시'라고 불리면서 노동자들이 몰려들어 번성했다(지금은 산업구조 변화로 급격히 쇠퇴했다). 밤이 되면 항구 주변의 거대한 중화학공업 단지에 조명이 켜지고 그 불빛이 바닷물에 비치면서 독특한 야경을 만들어낸다. 낮에는 해안 기암절벽을 둘러본 뒤, 해질 녘엔 유람선을 타고 바다에 나가 공장 야경을 감상하는 게 무로란의 일반적인 여행 코스다. 그 사진이라도 건져보자는 희망을 품었지만 이 또한 실패. 오후가 되면서 바다안개가 더욱 짙어졌고 바람도 거세지는 바람에 유람선 출항이 취소된 것이다.

그 음식의 핑계

인간은 오늘보다 나은 내일을 꿈꾸면서 크든 작든 저마다의 계획을 품고 살아가게 마련이다. 그런데 살다보면 계획에 없던 돌발 상황이 벌어지곤 한다. 그로 인해 당장 오늘부터의 삶이 통째로 뒤바뀌는 일도 일어난다. 살아보니 그런 변수들은 대개 좋은 일보다는 나쁜 일, 행운보다는 불운인 경우가 많았다. 잘 살아보겠다고 아무리 발버둥친들 사고나 질병이나 재해나 전쟁이나 범죄 피해 같은 예기치 못한 악재들 앞에서 인간은 한없이 나약한 존재다.

여행을 인생에 비유하는 사람이 많은데, 여행에서의 돌발 상황도 비슷하다. 고작 날씨 변화 하나에도 확 틀어지는 게 여행 아닌가. 무로란을 방문한 소기의 목적이 바다안개라는 악천후에 발목 잡힐 줄이야. 하루를 그냥 날린 셈이다. 공장 야경 사진을 찍겠다고 그날 밤 히가시무로란 역 인근의 호텔까지 예약해뒀던 터라 숙박비도 괜한 낭비가 됐다.

아무 성과 없이 숙소로 돌아오면서 '그래, 기왕 이렇게 된 것, 그 핑계로 무로란에서 저녁 식사라도 맛있게

먹어보자'라는 보상심리가 마구 동한 건 당연지사. 호텔에 들어가 몸과 마음을 잠시 진정시킨 뒤 밥 먹으러 다시 길을 나선 건 오후 5시가 넘어서였다. 갈 곳과 먹을 메뉴는 이미 정해져 있었다. 호텔 근처의 야키토리焼き鳥 전문 식당 '잇페이一平'에서 맥주에 '무로란 야키토리'를 안주 삼아 먹기로 했다.

양념 바른 닭고기 꼬치구이인 야키토리는 일본 전국 어디서나 쉽게 먹을 수 있는 대표적인 서민 메뉴다. 그런데 무로란엔 그런 흔한 야키토리와는 비교할 수 없는, 아주 특별한 재료와 맛과 스토리를 품은 무로란 야키토리가 있다.

새하얗게 단장했으면서도 오래된 가정집처럼 친근하게 생긴 잇페이는 외관에서부터 범상치 않은 포스를 풍겼다. 노렌暖簾(일본의 가게 출입구에 쳐놓는 발)을 걷고 낡은 다갈색 나무 미닫이문을 열자 고소한 꼬치구이 냄새가 훅 하고 콧속으로 밀려들어왔다.

그 음식의 핑계

# 여행지 음식, 어디서 뭘 먹을까

† 여행 중 식욕과 물욕, 어느 것이 더 중요할까

대학생 시절에 친구와 외국으로 배낭여행을 갔다가 곤란했던 적이 있다. 먹보인 나는 여행에서 식도락을 중요하게 생각하는 편인데 친구는 전혀 그렇지 않았다. 수집하는 게 취미인 그 친구는 기념품 가게에서만 지갑을 쉽게 열었고 식사는 최소한의 비용으로 대충 때우려 했다. 한편, 나는 넘치는 식욕과 달리 물욕은 미미한 편이라서 기념품 같은 것엔 관심이 없었다. 그러니까 나는 배를 채우는 데, 친구는 배낭을 채우는 데 비중을 두고 여행을 즐기려 했다.

평소에는 그저 사소한 취향 차이일 수도 있지만, 정해진 기간 동안 집 떠나 낯선 곳으로 여행을 가서 24시간 함께 지내다보면 시간이 지날수록 이 차이가 꽤 큰 갈등 요인이 된다. 여행자에게 시간과 비용은 제한적이니 매 순간 어디서 뭘 하면서 얼마의 돈을 쓸지 선택해야 하기 때문이다. 여행을 시작하고 며칠 뒤 밤늦게 캔맥주를 마시며 이야기를 나누다가, 결국 터질 게 터지고야 말았다.

그때 친구가 한 말은 대략 이랬다.

"난 네가 이해가 안 돼. 기념품은 여행이 끝나도 남지만, 먹는 건 그냥 그 순간에 없어지는 거잖아. 한국에 돌아가면 여기서 먹었던 게 뱃속에 남아 있냐? 난 먹는 데 쓰는 돈만큼 아까운 게 없어."

그래, 틀린 게 아니라 다른 거다. 누가 옳고 그른지의 문제가 아니다.

나는 여행지에서 경험한 특별한 먹거리의 맛과 식감을 머릿속에서 몇 번이고 되새김질하며 정신적 포만감을 느낀다. 하지만 누군가에겐 현지 음식이 그저 장기를 스쳐 몸 밖으로 떠나가는 한순간의 영양 공급원에 불과할 수 있다. 그런 시각에서라면, 여행 중 체력과 생명 유지에나 필요한 음식물 따위에 비용과 시간을 들이는 게 너무도 아까울 것이다.

그날 밤 친구와 맥주 캔을 부딪치며 한바탕 푸닥거리를 한 뒤로는 앙금을 풀고 서로 조금씩 양보하면서 무사히 여행을 마쳤다. 지금도 좋은 친구로 지낸다. 하지만 그 친구와는 두 번 다시 함께 여행을 가지 않았다.

† 여행지에서 맛집을 고르는 방법

　남다른 식탐 때문인지는 모르겠으나, 난 모처럼의 여행에서 단 한 끼의 식사나 간식도 허투루 보내고 싶지 않다. 그래서 여행 가기 전에 어디서 뭘 먹을지 참 꼼꼼하게도 사전조사를 한다. 물론 오로지 식도락만을 목적으로 여행 계획을 짜는 경우는 드물다. 관광이든 체험이든 휴양이든 출장이든 목적에 맞춰 갈 곳이 정해지면, 기왕 거기까지 간 김에 만족스럽게 식사할 수 있는 최선의 방법을 찾는 것이다.

　다들 스마트폰을 쓰고 온라인으로 정보를 검색하는 시대다. 심지어 인터넷에 올라온 정보로 범인을 찾아내기까지 하니, 오히려 맛집 정보는 너무 많아서 고르기 힘들 정도다. 여튼 많은 여행자가 미리 맛집을 검색해서 찾아가고는 한다. 나 역시 다르지 않지만, 나만의 절차와 방법이 있다.

　식당을 찾기 전에 우선 뭘 먹을지 음식의 종류부터 정한다. 그 고장의 유명한 향토음식들이 뭔지 파악한 뒤엔, 각각의 음식이 유래된 역사나 관련 스토리, 식재료가 무엇인지 알아본다. 지역의 식문화와 관련된 책이 있다면

그 음식의 핑계

찾아서 읽어보기도 하고, 지자체나 관광청 공식 홈페이지에서 자랑하는 향토음식 정보도 참고한다. 이런 자료들을 종합해 짧은 일정과 제한된 식사 횟수 안에서 꼭 체험해볼 식문화 테마와 메뉴를 정한다. '아는 만큼 보인다'는 말처럼 음식도 아는 만큼 그 맛이 더욱 특별해지는 법이다.

어떤 테마에 뭘 먹을지 정하고나면, 어디서 그 음식을 먹을지 고른다. 이때 인터넷 정보나 대중매체도 참고하지만, 무엇보다 현지인의 추천을 더 신뢰하는 편이다. SNS는 물론, TV나 신문에도 '뒷광고'가 넘쳐나기 때문이다. 그렇다고 길거리에서 아무나 붙잡고 "이 동네 맛집이 어디예요?"라고 물어보기는 어려운 노릇. 그래서 나는 호텔 컨시어지를 적극 활용한다. 컨시어지가 따로 없는 호텔선 프런트 데스크 직원에게 물어본다. "관광객들이 잘 모르는, 여기 현지인들이 주로 가는 맛집을 알려주세요."

다행히도 이 방법은 여태껏 실패한 적이 없다. 경험상 이런 식당들은 관광객이 찾기 힘든 깊숙한 구석에 자리한 경우가 많았다. 손님들은 현지 주민이고 영어 메뉴판도 갖추지 않았다. 하지만 맛만큼은 하나같이 탁월했다.

홍콩에서 호텔 컨시어지 직원이 메모지에 쓱쓱 그려 준 약도를 들고 뒷골목을 헤매며 찾아갔던 칸지Congee(홍콩식 죽) 전문점이 그랬다. 기다란 형광등을 천장에 그대로 노출시킨, 동네 밥집 같은 허름한 식당이었다. 홀에선 양복 차림의 직장인이나 노인 몇몇이 띄엄띄엄 앉아 무심한 얼굴로 TV에 시선을 고정한 채 식사하고 있었다. 주문을 받는 종업원은 시종일관 미간을 찌푸린 채 퉁명스럽고 불친절했다. 그럼에도 뜨끈하고 고소한 칸지 맛은 미식의 도시 홍콩에서 경험한 온갖 산해진미를 통틀어 단연 으뜸이었다.

이탈리아 밀라노에서도 마찬가지였다. 호텔 컨시어지 직원이 "우리 가족이 자주 가는 레스토랑"이라며 강력히 추천한 곳에서 저녁 식사를 했다. 음식점을 찾아 헤매는 데만 한 시간도 넘게 걸렸는데, 그도 그럴 것이 주택가의 한적한 골목 안에 숨어 있었다. 외국인은 우리 부부뿐이었고, 손님들과 종업원은 서로 동네 이웃인 양 왁자지껄 떠들며 친근했다. 음식 이름에 '밀라노 식'이 들어간 향토음식인 뇨키 밀라네제Gnocchi Milanese(수제비와 비슷하다)와 빌 밀라네제Veal Milanese(송아지 고기 커틀릿), 그리고 디저트로 티라미수를 먹었다. 관광객이 많이 찾는

그 음식의 핑계

세련된 곳들과 달리 음식을 담아낸 모양새는 다소 투박했지만 맛은 환상적이었다.


## 무로란의 잇페이를 찾아

### † 짝퉁 야키토리의 탄생

잇페이를 가게 된 것도 비슷한 과정을 거쳤다. 무로란에서 지큐미사키의 바나 절경과 공장 야경 사진을 찍어오겠다는 목적을 세운 뒤 역 근처의 호텔을 예약하고는 곧바로 이 자그마한 도시에서 뭘 먹을지 조사에 들어갔다. 일본 포털사이트에 '무로란 향토음식'를 검색하니, 가장 먼저 농림수산성 홈페이지가 무로란 야키토리를 소개한 내용이 검색됐다. 정부기관이 '공식적으로' 추천하는 향토음식이니 그 어떤 정보보다 믿을 만해서 우선순위에 뒀다.

무로란 야키토리는 일본의 다른 야키토리와 재료부터 전혀 다른 특별한 꼬치구이라서 구미가 확 당겼다. 원래 야키토리는 닭 살코기나 내장, 대파를 한입 크기로 썰어

여행의 핑계

꼬치에 끼운 뒤 달짝지근하고 짭조름한 양념을 입혀 직화구이로 해먹는 음식이다. 야키토리焼き鳥라는 말 자체가 '구운焼き 새鳥'라는 뜻이다. 원래는 그 이름처럼 참새나 비둘기 같은 들새를 잡아 꼬치구이를 해 먹던 것에서 유래했으나, 양계업이 발달하며 닭이 주재료로 정착했다. 그런데 무로란 야키토리는 돼지고기와 양파로 만든다. 토리鳥, 즉 새와는 아무 상관도 없는 돼지고기로 만들지만, '구운 새'라는 얼토당토않은 이름을 달고 있다. 그래서인지 무로란에선 야키토리를 표기할 때 한자 대신 일본 문자인 히라가나 'やきとり'를 주로 쓴다고 한다.

식재료에 얽힌 이야기를 찾아보니, 제2차 세계대전을 일으킨 일본 정부가 당시 군화의 대량 생산과 식량 부족 해결을 위해 농가에 양돈을 장려한 게 계기였다고 한다. 돼지 가죽으로는 군화를 제조하고, 그 부산물로 나온 엄청난 양의 돼지고기나 내장 부위는 형편이 어려운 서민들에게 싼값에 식자재로 공급한 것이다. 무로란은 양계업이 별로 발달하지 않은 지역이라서 돼지고기 값이 닭고기보다 훨씬 저렴했다. 그러자 일본식 포장마차인 야타이屋台에서 원가가 적게 드는 돼지고기나 내장으로 야키토리를 흉내 내서 팔기 시작했다. 대파 대신 양파를 끼워 넣는데, 홋카이도에선 양파 생산량이 대파보다 월등히 많아 가격이 낮아서였다. 어쨌든 그때만 하더라도 돼지고기 기름기와 잡내 때문에 맛이 썩 좋지는 않았던지, 맵싸한 겨자를 듬뿍 찍어 먹었다고 한다. 그야말로 '울며 겨자 먹기'였다. 말하자면, 무로란 야키토리는 맛이 아니라 저비용의 이점 때문에 탄생한 '짝퉁 야키토리'였던 것이다. 이 도시의 식문화를 주도했던 공장 노동자들은 주머니가 가볍고 입맛도 소박했기에 이런 변형된 야키토리 맛에도 잘 적응했다. 찾는 이들이 늘고 가게들 사이에 경생이 붙으면서 양념이나 식재료는 꾸준히 개선됐다. 그 결과, 독특하면서 맛도 좋은 지역 대표 향토음식으로 오늘날 입지를 다지게 된 것이다. 이에 나의 무로란 여행 중 먹거리 테마는 '공업도시에서 탄생한 옛 노동자들의 야식'으로 정해졌다.

† 잇페이를 소개받다

"무로란 야키토리에 생맥주를 먹고 싶은데요. 근처에 추천해줄 만한 가게가 있을까요? 현지인들한테 인기 있는 곳으로요."

무로란에서 묵은 호텔은 하루 숙박비가 한국 돈으로 겨우 5만 원대에 불과한 비즈니스 호텔이었다. 당연히 컨시어지 같은 건 따로 없었다. 그래서 프런트 데스크 직원에게 찾아가 물어봤다. 마침 한눈에 봐도 술 좋아하게 생긴 내 또래의 아저씨가 근무하고 있어 다행이었다.

"아, 무로란 야키토리요? 걸어서 5분 거리에 저희 직원들끼리 가끔 회식하러 가는 '잇페이'라는 이자카야가 있어요. 엄청 맛있어요. 손님도 항상 많고요. 현지인, 외지인 가릴 것 없이 다들 좋아해요."

직원은 휴대용 지도를 꺼내 볼펜으로 위치를 표시해줬다. 그가 말한 대로 호텔에서 아주 가까웠다. 설명해주면서 시원한 맥주 한잔에 곁들인 무로란 야키토리 맛이 조건반사처럼 떠오르기라도 한 것인지, 직원의 표정도 들떠 보였다. 그의 표정과 엄청 맛있다는 극찬에 더욱 믿음이 갔다. 객실로 돌아와 관련 정보를 검색했는데, 직원이 얘기해준 것보다 훨씬 대단한 가게였다.

1950년 창업한 잇페이는 공장 노동자들의 술안주인 무로란 야키토리를 남녀노소가 모두 좋아하는 외식 메뉴로 대중화시킨 주역이었다고 한다. 당시 무로란 야키토리를 팔던 술집들은 대개 어두침침하고 지저분했다.

그 음식의 핑계

아무래도 노동자들이 퇴근하면서 한잔 걸치는 노점이나 싸구려 술집이니 딱히 분위기 같은 건 신경 쓸 필요가 없었던 것이다. 그런데 잇페이는 깔끔하게 단장한 가게에 옛날 축음기 같은 독특한 레트로 인테리어 소품까지 갖추고 다양한 메뉴를 개발해 차별화를 꾀했다. 나아가 전국 야키토리 경연대회를 기획하는 등 홍보에 공을 들이면서 무로란 야키토리를 지역 대표 향토음식으로 격상시켰다.

내가 방문한 가게는 본점이었는데, 남다른 인기를 증명하듯 지금은 홋카이도의 여러 도시는 물론, 도쿄에도 지점을 거느리고 있다. 제철산업이 쇠퇴해 노동자들이 하나둘 떠나면서 무로란은 썰렁해졌지만, 잇페이가 무로란 야키토리의 전국적인 인지도를 높인 덕택에 무로란의 잇페이 본점에는 오히려 손님이 늘었다고 한다. 나처럼 핑계 삼아 들른 손님이 아니라 아예 여행의 목적을 잇페이로 설정하고 각지에서 찾아드는 야키토리 마니아들이 적지 않다는 것이다. 역시 현지인에게 식당 추천을 받길 잘했다.

잇페이에 도착해 미닫이문을 열고 들어간 건 오후 5시 20분쯤. 영업을 시작한 지 겨우 20분 정도밖에 지나지 않았을 때다. 그런데 웬걸, 아직 낮의 밝은 기운이 조금은 남아 있는 때인데도 가게 안에는 벌써 술꾼들이 바글바글하다. 게다가 20분 만에 조성된 술자리 분위기라고는 믿기 힘들 정도로 왁자지껄 소란스러워 귀가 먹먹하다. 예상 밖의 풍경과 데시벨에 벙벙해 하고 있는데, 종업원이 다가와 몇 명이냐고 묻는다. 혼자 왔다고 하자 "카운타세키니 도조!(카운터석에 앉으세요)"라며 안내한다.

자리에 앉자 앞쪽으로 꼬치를 굽는 기다란 숯불판이 보인다. 나름 손님을 배려한다고 불판과 좌석 사이에 나지막한 유리 가림막을 설치해놓았는데 딱히 큰 효과는 없다. 숯불 위의 꼬치들이 익으면서 바다안개처럼 모락모락 피어난 희뿌연 연기가 가림막을 넘어와 카운터석은 물론, 홀 전체를 메우고 있다. 기분 나쁘게 눅눅한 바다안개와 달리 야키토리를 굽는 매캐한 연기에선 고소한 냄새가 진동해 식욕이 꿈틀거린다.

직원이 건넨 메뉴판을 들여다보고 있자니 정신이 또

여행의 핑계

그 음식의 핑계

사나워진다. 그저 무로란 야키토리랑 생맥주를 먹어야 겠다는 생각만 하고 왔는데, 메뉴판에 적힌 야키토리 종류가 너무 많아 바로 주문하기가 힘들었다. 찬찬히 뜯어보니 무로란의 자랑거리라는 돼지고기 야키토리 말고도 닭고기, 쇠고기 야키토리까지 있다. 돼지고기만 해도 부위별로 목등심, 목살, 곱창 등 여섯 가지나 된다. 먹어본 적이 없어 맛을 모르니 뭘 골라야 할지 망설여진다. 하지만 이럴 때 아주 유용한 해결책이 있다. 메뉴판 최상단에 적힌 것부터 선택하면 된다. 자신 있는 메뉴니까 가장 우선순위로 적어둔 것 아니겠나.

잇페이 메뉴판의 1순위는 돼지고기 목등심(세이니쿠精肉) 야키토리, 2순위는 목살(돈토로トントロ)이다. 꼬치 두 개를 담은 한 접시가 한국 돈으로 3,000원쯤 하니까, 맥주에 곁들여 배를 채우다보면 금세 3만~4만 원은 거뜬히 넘길지도 모른다. '그래도 먹어야지, 그것도 많이.' '여기까지 와서 사진 한 장 못 건지고 애꿎은 숙박비만 내버리게 생겼는데 저녁 식사라도 푸지게 먹어야 후회가 없을 거야.' 속으로 그런 핑계를 대며 우선 돼지고기 세이니쿠와 돈토로, 생맥주 한 잔을 주문한다.

맥주는 시키자마자 나온다. 호프집에 갈 때마다 드는

의심인데, 한국이나 일본이나 안주를 내오기 한참 전에 으레 맥주부터 재빨리 가져다주는 건 일종의 상술이 아닐까 싶다. 안주를 기다리면서 입이 심심해 한 모금 두 모금 홀짝이다가 결국 한 잔을 거의 비워버리고, 안주가 나오면 또 한 잔을 새로 주문하게 만들려는 속셈. 아니나 다를까, 뽀얀 거품이 두텁게 내려앉은 잇페이의 차디찬 생맥주는 깔끔하면서 가벼운 맛이라 꿀꺽꿀꺽 잘도 넘어간다. 안 돼, 이렇게 자꾸 마셔대다간 이들의 상술에 홀라당 넘어가버리는 거야. 더 마시고 싶은 걸 애써 억누르고 겨우 잔을 내려놓는다.

주문한 야키토리가 구워지는 동안 맥주의 유혹을 떨쳐내려고 가게 내부를 찬찬히 훑어본다. 천장에 매달린 옛날식 노란 백열등은 적당한 조도로 술맛을 돋우는 동시에 꼬치구이가 한층 노릇노릇 맛깔스럽게 보이게끔 돕는다. 20세기 초반 다이쇼 시대의 술집을 모티브로 했다는 실내 인테리어는 짙은 색의 목재 가구와 벽면, 기둥을 바탕으로 벽시계며 골동품들이 곳곳에 놓여 타임머신을 타고 과거로 돌아간 듯하다. 뭐니 뭐니 해도 가장 눈에 띄는 건 잇페이의 심벌인 옛날 축음기다. 나팔 모양의 거대한 스피커가 달려 있어 단숨에 시선을 사로잡는

다. 일본 음식점에서 흔히 볼 수 있는 마네키네코招き猫 (손을 흔들어 인사하는 고양이 인형)처럼 가게 출입문과 가까운 카운터석 코너에 위풍당당하게 안착해 있는 걸 보면 확실히 잇페이의 심벌은 심벌인 모양이다. 야키토리를 파는 술집답지 않게 가게 안에서 재즈 음악이 끊임없이 흘러나오는 것도 이 축음기와 연관이 있는 게 아닌가 싶다. 창업주가 재즈 마니아였나. 아무튼 쿵짝거리는 재즈가 취객들이 내는 소음과 어우러지니 몽롱해지는 게 술이 더욱 당긴다. 정리하자면, 이 가게는 레트로를 정통으로 구현했다. 어느 것 하나 뒤지지 않고 근대의 느낌을 아주 세심한 부분까지 하나하나 살려놓았다.

'이런 분위기에 맛까지 좋다면 더할 나위 없겠다'라고 생각하는데, 드디어 눈앞에 무로란 야키토리 두 접시가 탁!

우와, 크다! 기름기가 자르르 흐르는, 그래서 한 입 베어 물면 입가가 요란하게 번들거릴 것 같은 돼지고기 야키토리는 일단 살이 도톰해 먹음직스럽다. 안주가 나왔으니, 참아왔던 맥주 한 모금을 꿀꺽 넘겨 목구멍을 칼칼하게 열어주었다. 그리고 그토록 고대했던 무로란 야키토리 실물을 겨자에 이리저리 굴려 입에 넣고 씹는

그 음식의 핑계

데……. 아, 이건 야키토리의 신세계다. 기존에 먹어왔던 그 어떤 닭고기 야키토리와 비교할 수 없을 정도로 맛있다. 돼지고기 특유의 고소한 육향과 쫄깃한 식감에 달달하고 짭조름한 다레タレ(양념 간장)의 맛, 매콤해서 상쾌한 겨자, 향긋한 숯불 맛이 어우러지니 이건 도저히 맛이 없을 수가 없다. 군데군데 까맣게 타 있을 정도로 바싹 구워놓았는데도 겉만 바삭할 뿐 돼지고기답게 속살은 부드럽고 육즙이 가득하다. 신선하고 좋은 고기를 썼다는 게 대번에 느껴진다. 잡내 같은 거슬리는 요소 따윈 전혀 없다. 그 순간, (과장이 아니라 정말로) 내 인생에서 야키토리는 무로란 야키토리를 먹기 전과 후로 나뉘었다. 잇페이는 겉만 그럴싸하게 꾸민 술집이 아니라 내공이 보통 아닌 진짜 맛집이다.

접시를 비우기는커녕 꼬치 한 개를 다 먹기도 전에 부랴부랴 추가 주문을 넣은 건 당연했다. 돼지고기 내장 부위인 곱창(シロシロ)과 심장(하쓰はつ), 그리고 닭고기 메뉴 중에서 영계 세이니쿠와 닭똥집(스나기모すなぎも) 꼬치구이도 시켰다. 내장 부위나 닭이나 하나같이 맛이 좋긴 한데 그래도 역시 메뉴판 1순위를 차지한 목등심 야키토리가 으뜸이다. 모험은 그 정도로 끝내고 가장 맛있게 먹

은 목등심으로만 두 접시(꼬치 4개)를 더 주문했다. 그런데 이런, 맥주잔이 비었다. 생맥주 한 잔을 더 시키니 이번엔 또 안주를 홀랑 먹어치웠다. 늘 이게 문제다. 술이랑 안주를 한꺼번에 딱 맞춰서 끝맺음하기가 좀처럼 쉽지 않다. 잠깐 고민했다. 배는 벌써 꽤 찼다. 아무리 그래도 아직 한참 남아 있는 맥주를 그냥 들입다 들이켜기엔 영 심심했다. 결국 메뉴판에 다시 손을 뻗고야 말았다.

무로란 야키토리는 충분히 맛보았으니 시선을 다른 곳으로 돌렸다. '창작 야키토리'라는 섹션이 눈에 띈다. 창작, 즉 이 가게에서 개발해 다른 곳에선 볼 수 없는 스페셜 메뉴다. 이름부터 재밌는 '옛날이 그리워지는 어육 소시지'와 '잇페이 오리지널 무로란산 메추리알 숯불구이'를 골랐다. 숯불 위에서 겉이 쭈글쭈글해질 정도로 구워낸 큼직한 분홍빛 어육 소시지 꼬치구이는 탱글탱글한 게 과연 별미다. 고춧가루를 흩뿌린 마요네즈가 찍어 먹는 소스로 곁들여 나왔는데 소시지에 감칠맛을 더한다. 메추리알 꼬치구이는 직화로 구워 그런지 알 껍질도 바삭해서 통째로 와작와작 씹어 먹었다. 한국에서 메추리알은 삶은 것만 봐왔는데(껍질 까기가 여간 성가신 게 아니다) 양념을 발라 숯불구이를 해놓으니 풍미가 또 남다

그 음식의 핑계

여행의 핑계

그 음식의 핑계

르다.

회전초밥이 그러하듯, 작은 접시에 겨우 두 조각씩 담겨 나와 만만하게 여겼는데 다 먹고 일어서니 배가 제법 불룩하다. 가게 문을 나서자 바깥은 날이 꽤 어둑해졌다. 그사이 내륙 깊숙한 곳까지 밀려온 바다안개에 호텔로 돌아가는 길 주변은 온통 뿌옜다. 사우나 안에라도 들어간 듯 얼굴 피부는 물방울이 맺힐 정도로 축축했고 이마며 광대엔 물기를 잔뜩 머금은 머리카락이 귀찮도록 달라붙었다. 그래도 기분은 좋았다. 오늘 저녁 '인생 야키토리'를 맛보았다는 뿌듯함 덕분인지, 온종일 무로란에서 헛걸음만 하고 다닌 걸 제대로 보상받은 것 같았다. 물론 누가 사준 것도 아니고 순전히 '내돈내산'이었지만.


**어쩌다 버펄로, 그냥 버펄로 윙, 특별한 추억**


† 예정에 없던 버펄로에 나는 덩그러니 놓였다


무로란 야키토리는 책에 실을 무로란의 명소 사진을 촬영하러 간다는 걸 핑계로 먹은 것인데(배 터지게 먹은 핑계는 악천후에 사진을 못 찍게 되자 보상심리가 동해서였고), 이와 달리 아무런 준비 없이 방문한 낯선 곳에서 황당한 핑계로 현지 음식을 접하게 된 경우도 있다. 버펄로Buffalo에서 버펄로 윙을 맛본 경험이 딱 그랬다.

밀레니엄 열기가 한창이던 2000년, 혼자서 그레이하운드 버스(그레이하운드 라인스의 장거리 버스)를 타고 미국과 캐나다 동부를 여행할 때다. 캐나다에서 나이아가라 폭포를 구경하고 미국으로 입국하는데 국경에서 발이 묶였다. 같은 버스에 타고 있던 캐나다인 승객 중 두 명이 비자 문제로 미국 출입국사무소 직원들에게 적발된 것이다. 고압적인 태도의 미국 측 직원들은 두 사람을 강제로 하차시키고, 나머지 승객도 모두 밀입국자 집단처럼 취급했다. 그렇게 두 시간 넘게 대기한 뒤에야 버스가 움직이기 시작했다. 결국 나는 버펄로의 그레이하운드 버스 터미널에서 다음 행선지로 향할 환승 버스를 간발의 차로 놓치고야 말았다. 가장 빨리 탈 수 있는 심야버스는 무려 여섯 시간 뒤에나 출발할 예정이었다.

한두 시간이라면 모를까, 여섯 시간은 대합실에서만 참고 기다리기엔 너무 지루한 시간이다. 버스 티켓을 사놓은 뒤 시내 구경이나 해볼 요량으로 터미널 문을 나섰

그 음식의 핑계

다. 일정에 없던 곳이라 버펄로에 대해선 아는 게 없었지만, 밖으로 나가니 근사한 고딕 스타일의 근대식 건물이며 고층빌딩들이 보였다. 이 정도의 도시 풍경이면 심심하지는 않을 것 같다는 생각에 정처 없이 걸었다.

그런데 좀 이상했다. 빌딩 숲이 조성된 시내 한복판인데 행인이 별로 없었다. 의아해하며 계속 걷다가 어느 음침한 상점가에 들어섰는데, 정말 주변에 개미 새끼 한 마리 안 보였다. 흐린 날씨에 바람까지 쌩쌩 불어서인지 초여름인데도 스산하고 황량했다. 한국이라면 상점들이 한창 영업해야 할 시간인데, 철문을 굳게 내린 상태였다. 코로나19가 뭔지도 몰랐던, 2000년도의 거리 풍경이다. 문득 영화 〈배트맨〉에 나오는 고담 시나 뉴욕 할렘가의 살풍경이 떠올랐다. 나중에 알아본 바에 따르면, 쇠퇴한 공업도시인 버펄로는 뉴욕 주에서 강력범죄 발생률이 가장 높은 위험한 도시로 악명이 자자하다. 약 1만 9,500여 곳에 달하는 미국의 모든 도시 가운데 살인사건 발생률 45위를 기록한 바 있기도 하다. 특히 내가 겁도 없이 돌아다닌 다운타운에서 강도 등 폭력 사건이 아주 빈번하게 일어난다고. 그 무시무시한 곳에서 아무것도 모른 채 돌아다니고 있었던 것이다.

여행의 핑계

물론 당시의 나는 버펄로의 범죄 발생률 같은 정보를
전혀 몰랐지만(알았다면 그런 무모한 모험은 하지 않았겠지
만), 인간은 본능적으로 위기를 감지한다. 어디서 총소
리가 나도 그러려니 할 법한 분위기였다. 이렇게 더 돌아
다니다간 이곳이 나의 마지막 여행지가 될지 모른다는
공포가 엄습했다. 둘러보니 근처 쇼핑몰 건물 1층에 홀
로 문을 연, 규모가 꽤 큰 음식점이 보였다. 피난처를 찾
아가듯이 황급히 그곳으로 향했다. 안에 들어가니 이탈
리아계로 보이는 두 남자 직원을 제외하곤 손님이 아무
도 없었다. 텅 빈 가게에서 수다 삼매경에 빠져 있던 그
들은, 식당 문은 열어뒀지만 손님이 올 줄은 몰랐다는 듯
당황한 표정으로 나를 응시했다. 그러든 말든, 인기척 없
는 무시무시한 동네에서 그 두 사람을 마주한 나는 안도
의 한숨을 내쉬었다.

  "지금 식사할 수 있나요?"

  "그럼요. 앉으세요."

  저녁 식사하기엔 한참 이른 시간이지만 어디 그런 걸
따질 상황인가. '아무 거나 후다닥 시켜 먹고 어두워지
기 전에 곧장 터미널로 돌아가야지'라고 생각하며 메뉴
판을 보는데, 영어로 커다랗게 적힌 '버펄로 윙' 글자가

눈에 들어왔다. 아, 맞다, 여기가 바로 그 버펄로지!

† 버펄로 윙의 탄생

튀긴 닭 날개에 핫소스, 우스터소스 등 갖은 양념을 입혀 만드는 버펄로 윙은 1964년 미국 뉴욕 주 버펄로 시에서 탄생했다. 탄생 배경에 대해선 대표적으로 두 가지 설이 있는데, 어차피 처음 만든 사람으로는 한 사람이 지목된다. 버펄로에서 '앵커 바Anchor Bar'라는 술집 겸 식당을 운영한 테리사 벨리시모란 여성이다.

이야기인즉슨 이렇다. 어느 날 앵커 바에 닭고기의 다른 부위 대신 날개만 잔뜩 배송되는 일이 벌어졌다. 식당 측의 주문 실수가 원인이었던지라 반품할 수는 없었다. 그렇다고 그대로 뒀다간 큰돈 주고 산 아까운 식재료가 전부 쓰레기통으로 향할 참이었다. 테리사는 넘쳐나는 닭 날개를 어떻게 처리해야 하나 골머리를 앓았는데, 마침 집으로 친구 여럿을 불러 술판을 벌인 철부지 아들이 안줏거리 좀 만들어달라고 조른다. 잘됐다 싶어 남아도는 닭 날개를 튀겨 핫소스 등으로 양념해 내놓자, 먹성 좋은 아들 친구들이 맛있다면서 끝없이 먹어치웠다고. 이 모습을 본 테리사가 앵커 바의 새 메뉴로 이 안주를 선보이며 버펄로 윙이 탄생했다는 것이다. (나머지 설도 비슷하다. 주문 실수로 대량 매입한 닭 날개를 처리하려고 식당의 새 메뉴로 개발했다는 것.)

이 짭조름하면서 매콤한 닭 날개 요리는 동네방네 소문이 나면서 곧이어 버펄로의 다른 술집이나 식당의 메뉴에도 올랐다. 그러더니 몇 년 뒤엔 뉴욕 주 곳곳으로, 1980년대엔 미국 전역으로 퍼져나갔다. 처음엔 따로 이름도 없었지만, 전국적으로 유명해지자 음식이 탄생한 곳의 지명을 붙여 '버펄로 윙'이라고 불리게 됐다. 이후 미식축구 결승전인 슈퍼볼Super Bowl 경기 당일에 친구나 가족끼리 모여 TV로 경기 생중계를 보면서 어마어마한 양의 맥주와 버펄로 윙을 먹는 게 미국인들에겐 하나의 관습처럼 굳어졌다. 2022년 슈퍼볼 경기가 열린 2월 13일, 단 하루 동안 미국인들의 입으로 들어간 버펄로 윙이 무려 14억 2,000만여 개에 달한다니 말 다했다.

미국인들의 남다른 사랑에 힘입어, 버펄로 윙은 미국 문화를 동경하는 다른 나라에도 전파됐다. 미국 먹거리가 물밀 듯이 들어온 1990년대 한국에서도 마찬가지였다. 1992년 서울 양재동에 한국 1호점을 낸 미국 프랜차

그 음식의 핑계

이즈 TGI프라이데이를 시작으로, 젊은이들이 많이 찾는 강남, 신촌 등지에 버펄로 윙을 파는 패밀리레스토랑이나 술집이 생겼다. 지금이야 마트에서 냉동식품으로 팔릴 정도로 흔해졌지만, 당시엔 맥주에 곁들이는 이국적인 별미 안주였다. 그러니 본고장인 버펄로에서 만난 버펄로 윙에 나의 눈이 번쩍 뜨인 건 당연했다.

## † 본고장의 버펄로 윙은 맛보다 추억이 특별했다

더 고민할 것도 없이 버펄로 윙과 병맥주를 주문했다. 그래서 맛이 어떠했느냐면, 맛있긴 했지만 버펄로 윙 본고장에서 먹는다고 딱히 특별하지는 않았다. 뉴욕에서 지내는 동안 술집에 갈 때마다 맥주와 함께 자주 먹었던 다른 버펄로 윙들과 비슷했다. 원조를 자처하는 앵커 바를 찾아간 것도 아니고 길을 걷다가 아무 식당에나 들어가 맛본 것이니 그랬을 수도 있다. 물론 한국의 버펄로 윙에 비하면, 이게 진짜 같은 종의 생물체에서 나온 게 맞나 싶을 정도로 닭 날개가 훨씬 크고 두툼했다. 미국답게 접시에 놓인 양도 무시무시하게 많은데 워낙 짭짤하기까지 해서 맥주를 두세 병은 더 시켜야 했다.

배가 든든하게 차서일까, 아니면 적당히 취기가 올라서일까. 식사를 마치고 식당을 나설 때엔 들어가기 전에 비해 공포심이 한결 덜해졌다. 그래도 곧장 터미널로 돌아와(최대한 빨리 걸었고 무사히 도착했다) 대합실에서 한참 더 기다린 뒤 심야버스에 올라 나머지 여정을 이어갔다.

환승 버스를 놓친 핑계로 일정에도 없던 버펄로를 갑자기 구경하고, 동네 분위기가 무섭다는 핑계로 근처 식당에 들어가고, 마침 메뉴판에 버펄로 윙이 있다는 핑계로 본고장의 맛이 궁금하다며 먹어보고……. 그런 남다른 핑계들 덕분인지, 버펄로에서 버펄로 윙을 먹어본 건 아주 특별한 추억으로 남았다. 오랜 세월이 지난 지금까지 생생하게 떠오를 정도로.


## 뮌헨 맥주와 함께한, 슬기로운 환승 대기시간

† 에키벤, 막간의 취식에도 향토음식을

버펄로에서 방황한 것처럼, 대중교통으로 여행을 다니다보면 어쩔 수 없이 긴 환승 대기시간을 감내해야 하는 경우가 종종 있다. 버스나 열차, 여객기가 나의 스케줄에 딱딱 맞춰 이동해주지는 않기 때문이다. 이럴 때 여행자들은 터미널이나 역, 공항의 대합실에서 쪽잠을 청하기도 하고 스마트폰으로 영화를 보거나 게임을 하면서 시간을 때운다. 나는 먹는다. 먹보니까 먹으면서 시간을 때우는 게 가장 만족스럽다.

그런데 이 막간의 취식에도 나름의 공식이 있다. 그곳에서만 먹을 수 있는 독특한 향토음식을 찾아 경험해보는 것이다. 향토음식의 재료나 모양새, 조리 방식은 그 지역의 풍토는 물론, 주민들의 철학과 일상과 억사가 집결된 최고의 문화 상품이기 때문이다. 지루한 환승 대기 시간을 핑계 삼아, 스쳐 지나가는 환승지에서 그곳만의 향토음식을 맛보는 건, 그저 시간을 때우는 수준에서 더 나아가 짧은 여행 일정 하나를 뿌듯하게 완성시킬 수 있는 방법이다.

일본 여행길에선 철도역이나 공항에서 판매하는 향토음식 도시락인 에키벤駅弁을 맛보는 재미가 쏠쏠하다. 각지에서 판매 중인 에키벤 종류만 해도 2,000가지가 넘을 정도로 다양한데, 음식 구성이나 패키지 디자인 면에서 지역색을 담아 서로 다른 개성을 뽐내는 도시락이 많다.

그동안 열차를 타고 일본 곳곳을 다니면서 수많은 에키벤을 맛보았지만, 가장 기억에 남는 것은 홋카이도 모리森역의 명물 도시락인 이카메시いかめし와 삿포로札幌역의 이시카리 사케메시石狩鮭めし다.

'이카메시'의 '이카いか'는 오징어를, '메시めし'는 밥을 뜻한다. 그러니까 단어 그대로 풀이하면 '오징어밥'이 된다. 다리와 내장을 제거한 오징어의 몸통 안에 멥쌀과 찹쌀을 채워 넣은 뒤 설탕, 맛술 등으로 조미한 간장 양념에 졸여 만든 에키벤인데, 홋카이도 남부의 향토요리에 착안해 개발됐다. 언뜻 보기엔 속초의 명물인 오징어순대와 비슷하다. 두부, 고기, 채소 등 다양한 식재료를 넣는 오징어순대에 비하면, 이카메시는 속에 찹쌀밥만을 넣고 간장의 짭조름한 맛을 부각시켜 소박한 편이다. 간장 양념을 입어 윤기가 흐르는 구릿빛의 오징어 몸체는 찹쌀밥을 듬뿍 먹고 통통하게 부풀어, 보기만 해도 군침이 돌았다. 오징어 살은 쫄깃하고 질기지 않아 씹기 편했고, 양념이 속속들이 배어 풍미가 진했다. 찹쌀밥은 리소토처럼 쫀득한 식감이 이색적인 데다, 오징어 향을 고스란히 머금어 구미를 계속 당긴다. 설명을 덧붙이자면, 이 도시락은 1941년부터 모리역에서 판매해왔는

그 음식의 핑계

데(당시 모리 앞바다엔 오징어가 넘쳤단다), 매년 개최되는 일본의 전국 에키벤 경연대회에서 1등을 좀처럼 놓치지 않을 정도로 명성이 자자하다. 직접 먹어보니 역시 1등에는 다 이유가 있구나 싶었다.

삿포로역의 이시카리 사케메시는 1923년에 탄생한 '백 년의 에키벤'이다. 사케鮭는 일본어로 '연어'를 뜻한다. 즉, 사케메시는 '연어밥'이다. 이시카리石狩는 삿포로 서북쪽에 위치한, 삿포로와 경계가 맞닿은 해안도시의 지명이다. 이 지역의 이시카리강石狩川과 앞바다인 이시카리만石狩湾 일대에는 1920년대에 연어가 넘쳐날 정도로 많이 잡혔단다. 손쉽게 구할 수 있었던 지역 특산물 연어로 에키벤을 개발해 삿포로역에서 팔며 '이시카리 사케메시'라는 상품명을 붙인 것이다. (지금은 이시카리만의 연어 어획량이 급감해 다른 지역 연어를 재료로 쓴다.) 양념한 밥 위에 곱게 으깬 뽀얀 연어 소보로そぼろ와 붉은빛의 동글동글한 연어 알을 빼곡히 올리고 연어를 갈아 만든 상아색 가마보코 한 조각, 연어 뼈에 다시마를 감아 간장에 푹 고아낸 사케노콘부마키鮭の昆布巻き 등을 반찬으로 곁들인다. 먹어보니, 잘게 부서진 연어 소보로가 연어 살 특유의 퍽퍽한 식감 없이 부드럽게 넘어가는 점이 무엇

여행의 핑계

그 음식의 핑계

보다 좋았다. 다소 밋밋한 식감을 보완하는 건 연어 알이다. 간장에 절인 연어 알이 밥도둑 역할도 해내는 동시에 입안에서 톡톡 터지며 청량감을 더한다.

이처럼 여행 중엔 역이나 공항, 휴게소에서 잠깐 머무는 동안에도 음식을 먹으며 지역 문화를 만끽할 기회가 얼마든지 있는데, 여기에 한 가지 더할 수 있는 팁이 있다. 미리 정해진 환승지라면 사전에 해당 지역과 음식의 역사를 공부해서 나름의 테마까지 설정해보는 것이다. 여행의 깊이와 추억의 농도가 달라진다. 이런 식으로 경험한 환승 대기시간의 먹거리가 있다. 바로 뮌헨München의 맥주다.

† 뮌헨에 슬쩍 들른 이유

뮌헨에 가본 건 2008년 독일을 여행할 때다. 현재 바이에른Bayern 주의 주도이자 옛 바이에른 왕국의 수도였던 뮌헨은, 베를린과 함부르크에 이어 독일에서 세 번째로 인구가 많은 도시다. 1972년엔 하계 올림픽을 개최했고, BMW 본사와 BMW 박물관이 자리한 독일 자동차 산업의 메카이기도 하다. 유서가 깊은 데다 국제적인 대도

시이니 볼거리는 다양하다. 하지만 회사 다니던 중 연차 5일에 앞뒤로 휴일을 붙여 총 열흘간 떠난 나의 짧은 독일 여행 목적지 목록에 뮌헨은 없었다. 노이슈반슈타인 성Schloss Neuschwanstein을 보러 가는 도중에 어쩔 수 없이 들러야 하는 경유지였을 뿐이다.

1880년 바이에른 왕국 시절에 세워진 노이슈반슈타인 성은 세계적인 관광지다. 산중에 지어진 성은 높다란 성채에 뾰족한 첨탑과 가파른 박공지붕이 오밀조밀 솟아 있는 빼어난 외관을 자랑한다. 동화 속에서 튀어나온 것 같은 로맨틱한 건축 양식 때문인지 디즈니랜드의 상징인 '잠자는 숲속의 공주 성Sleeping Beauty Castle'의 디자인 모티브가 된 곳으로도 유명하다.

노이슈반슈타인 성의 실물을 보는 건 어린 시절부터 품어온 나의 버킷리스트였다. 하지만 이 성은 '뚜벅이' 여행자들이 찾아가기엔 만만한 곳이 아니다. 우선 오스트리아와 맞닿은 독일 남부 끝자락에 있어 거리상 멀다. 더구나 산중의 외진 장소라서 대중교통으로 접근하기도 쉽지 않다. 인근의 작은 도시인 퓌센Füssen까지 지역 열차를 타고 간 뒤 다시 성을 오가는 버스로 갈아타야 한다. 게다가 퓌센을 드나드는 열차편도 왕복 시간이 많이

여행의 핑계

소요되고 자주 있는 게 아니다보니 최소한 1박 2일의 일정이 필요하다. 다시 말하면, 빡빡한 여행 일정 중에 찾아가기엔 적합하지 않은 곳이다. 하지만 나는 어떻게든 그 성에 꼭 가고 싶었고 무리해가며 일정에 욱여넣었다. 성 주변에 몇몇 호텔이 있었지만 죄다 숙박비가 너무 비쌌다. 그런데 베를린에서 출발한 나의 여행 경로상 퓌센으로 가는 지역열차를 타려면 뮌헨에서 환승을 해야만 했다. 나는 뮌헨 역 앞 싸구려 호스텔의 싱글 룸에서 투숙하고 다음 날 아침 일찍 퓌센까지 지역열차를 타고 간 뒤, 노이슈반슈타인 성을 보러 가기로 했다.

† 뮌헨의 맥주, 뭘 마실까

뮌헨에 도착한 건 저녁이 다 되어서였다. 어차피 들른 뮌헨이니 여행은 해야 할 텐데 박물관이나 궁전 같은 곳을 관람하기엔 이미 늦은 시간이었다. 하지만 다 계획이 있었다. 뮌헨의 맥주를 마시며 이 도시의 역사와 문화를 만끽하는 것. 환승 때문에 저녁부터 다음 날 새벽까지 머물게 된 뮌헨에서 유명한 호프집들을 돌아다니며 맥주를 마셔볼 참이었다. 호프집은 박물관이 문을 닫는 늦은 밤에도 영업하니 얼마든지 소화 가능한 일정이었다.

독일 맥주야 워낙 유명하지만, 그중에서도 뮌헨의 맥주는 더 알아준다. 단순히 물이 좋다거나 하는 이유 때문만이 아니다. 뮌헨은 1487년 세계 최초로 맥주의 원료를 보리, 홉, 물로 제한하는 조례를 제정한 도시다. 이미 그때부터 품질을 유지하며 수백 년 동안 역사와 전통을 이어온 양조장들이 뮌헨 맥주의 명성을 드높여왔다. 여기에 특유의 '비어 홀beer halls' 문화도 한몫했다고 한다. 뮌헨 시민들은 널따란 비어 홀에서 낯가림 없이 서로 합석해 건배하며 정치, 종교 등 다양한 주제를 놓고 토론하는 게 익숙하단다. 역사학자인 제프리 갑Jeffrey Gaab은 뮌헨의 이런 비어 홀 문화가 독일의 다른 지역에선 보기 드문 '민주주의적 분위기' 속에서 조성된 것이라고 언급한 바 있다. 그는 옛 프로이센 왕국(독일 북부)의 수도 베를린의 지역색이 권위적이고 강압적인 반면, 옛 바이에른 왕국(독일 남부)의 중심이었던 뮌헨은 격식을 따지지 않는 수평적 관계의 도시라면서 이 같이 주장했다(*Munich: Hofbrauhaus & History : Beer, Culture, & Politics*, Peter Lang, 2006). 이 주장이 설득력이 있는 게, 세계 최대의 맥주 축제인 옥토버페스트Oktoberfest가 열리는 곳이 바로 뮌헨이다. 1810년부터 개최되어온 이 축제에선 최대 1만 명을 수용할 수 있는 대형 천막이 설치된다. 그 안에서 뮌헨 시민이나 다른 지역에서 온 독일인은 물론, 전 세계에서 몰려든 관광객이 한데 어우러져 잔을 부딪치며 거나한 술판을 벌인다.

기왕 뮌헨까지 가게 됐으니, 마음 같아선 유명하다는 맥주를 몽땅 마셔보고 싶지만 그럴 수는 없었다. 갈 곳도 많고 할 것도 많으니 여행비도 아껴야 하거니와 회식이 아닌 '혼술'로 몇 차까지 술자리를 갖기엔 무리였다. 그렇다면 그 많고 많은 뮌헨의 유명한 호프집들 중 어디서 어떤 종류의 맥주를 마실까? 이를 위해 독일로 떠나기 전, 한국에서 미리 뮌헨 맥주에 관한 각종 자료들을 찾아봤다. 그러고는 나름 나만의 테마로 정한 게 '뮌헨의 역사를 머금은 귀족 맥주와 시민 맥주 체험'이다. 옛 신분제 사회에서 각 계급을 대표한 맥주를 비교해보는 건 그냥 술을 마시고 즐기는 차원에서 더 나아가 박물관 관람 못지않게 아주 특별한 역사 체험이 될 것 같았다. 저녁 이후의 몇 시간짜리 환승 대기시간을 보내기에 이보다 슬기로운 여정이 또 있을까. 맥주만큼 역사도 좋아하는 나로서는 금상첨화의 여행 테마였다. 그렇게 해서 마셔본 게 슈나이더 브로이하우스Schneider Bräuhaus의 밀맥주(바이스비어Weissbier)와 호프브로이하우스Hofbräuhaus의 일반 맥주다.

† 귀족 맥주, 바이스비어의 역사

슈나이더 브로이하우스는 고풍스럽고 우아했다. 고급 레스토랑처럼 테이블 위에 새하얀 테이블보를 깔고 핑크빛 장미 한 송이를 꽂은 하얀 자기 꽃병까지 놓았다. 꽃병 옆에 놓인 설팅통이나 소시지가 담겨 나온 그릇도 모두 세트로 맞춘 자기였다. 이곳을 운영하는 슈나이더 바이스의 브랜드 로고와 함께 밀 이삭 삽화를 식기에 그려넣어 밀맥주의 정체성을 손님들에게 확실히 각인시키고 있었다. 나이가 지긋한 웨이트리스는 새하얀 퍼프 블라우스에 까만 조끼와 치마를 갖춰 입은 알프스 지방의 전통의상 디른들Dirndl 차림으로 눈길을 끌었다. 맥주잔도 참 고상하게 생겼다. 손잡이가 달린 넙데데한 일반 맥주잔 형태와 달리 호리호리한 맵시가 돋보이는 곡선 디자인이다. 이런 잔에 마시니 맥주가 꽤나 비싼 술처럼 보인다.

그 음식의 핑계

객쩍은 허세가 아니라 이유가 다 있다. 밀과 보리를 섞어(밀 함량이 최소 50퍼센트 이상) 양조한 바이스비어는 옛날엔 주로 귀족들이 마셨다고 한다. 그런데 잘 알다시피 독일을 비롯한 서양에선 빵이 주식이고, 당연히 빵을 만드는 주재료인 밀은 귀해서 서민들이 쉽게 구할 수 없었다. 더구나 앞서 설명한 대로 1487년 뮌헨에서 제정된 조례를 1516년에는 바이에른 공국 전체로 확대 적용해 맥주순수령Reinheitsgebot이 공포되면서 독일 남부에선 밀맥주 양조가 한동안 금지되기까지 했다. 사실 맥주순수령의 의도 역시 바이에른 맥주의 품질 향상과 더불어; 밀을 빵의 원료로만 쓰도록 제한해 식량 부족 사태를 막으려는 데 있었다.

하지만 오랜 세월 마셔온 밀맥주의 독특한 풍미를 단번에 떨쳐내기는 쉽지 않았다. 결국 1548년 독일 남부 슈바르자흐 지역의 귀족인 데겐베르크 가문이 바이에른 공국 내에서 바이스비어의 독점권을 예외적으로 허가받았다. 1602년 이 가문의 대가 끊기자 바이에른 공국의 수장인 막시밀리안 1세가 기다렸다는 듯 독점권을 홀랑 가져왔다. 나아가 슈바르자흐의 밀맥주 장인들을 뮌헨으로 초빙해 뮌헨 최초의 바이스비어 전문 양조장(두 번째로 방문한 호프브로이하우스가 그 장소이다)을 설립하기에 이른다. 뮌헨 밀맥주는 명성이 높아져 상류층 사이에서 크게 유행해 수익 규모가 눈덩이처럼 불어나며 엄청난 주세가 발생했고, 그 돈은 고스란히 막시밀리안 1세의 주머니 속으로 들어갔다. 이 막강한 자금력을 바탕으로 막시밀리안 1세는 '30년 전쟁'의 선봉에 설 수 있었다. 덕분에 바이에른 공국은 신성로마제국의 최강자로 떠올라 1623년 선제후국의 반열에 올랐고 1806년 신성로마제국이 해체되자 바이에른 왕국으로 승격됐다.

이처럼 나라의 운명까지 바꿔놓을 정도로 잘 나가던 바이스비어가 천덕꾸러기 신세로 전락한 건 18세기 말부터다. 많이 팔린다고 너무 많이 생산해서 흔해지자 귀족들이 밀맥주를 점차 외면한 것이다. 게다가 술도 유행이 있는지라, 19세기 후반엔 부드럽고 깔끔한 맛이 특징인 필스너 스타일의 라거가 한창 각광을 받았다. 이런 바이스비어를 다시 살린 주인공이 바로 게오르그 슈나이더다. 뮌헨의 맥주 양조업자인 그는 1872년 왕실로부터 바이스비어 독점권을 사들인 후 품질 개선에 나섰다. 이후 슈나이더 가문은 대를 이어 밀맥주 부활에 꾸준히 공을 들였고, 제2차 세계대전이 끝난 뒤 차츰 그 노력의 결실을 거두게 된다. 유행은 돌고 돈다고, 일반 맥주와 차별화된 특유의 맛과 향이 다시금 대중에게 어필하게 된 것이다.

이런 역사를 품은 슈나이더 브로이하우스의 슈나이더 바이스비어는 과연 명성대로 달콤한 과일 향이 나는 게 예사롭지 않았다. 양조장에서 방금 뽑아온 신선한 생맥주이니 그 청량감이야 말할 것도 없고. 안주로 곁들인 짭짤한 브레첼Brezel(프레첼)과 샐러드를 곁들인 구운 소시지가 향긋한 맥주와 잘 어울렸다. 귀족 근처에도 못 간 신세이지만 옛 바이에른 귀족이 즐겼다는 비이스비어 한 모금에 잠깐 신분상승의 기분이라도 내보는 색다른 경험이었다.

† 세계에서 가장 유명한 술집에서
시민의 맥주를 들이켜다

2차로 간 호프브로이하우스는 '세계에서 가장 유명한 술집'으로 불리는 곳이다. 수용 인원이 약 3,400명에 달하는 어마어마한 규모의 공간이다. 뮌헨 시가 '호프브로이하우스는 뮌헨에서 반드시 가봐야 하는 곳'이라며 공식 홈페이지를 통해 대놓고 추천할 정도다. 시 당국은 심지어 이 비어 홀을 시청사, 박물관 등과 함께 뮌헨의 대표 명소로 꼽아놓기까지 했다. 그도 그럴 것이, 호프브로이하우스는 1589년 바이에른 대공 빌헬름 5세가 국립 양조장으로 설립한 이래 400년 넘게 뮌헨의 역사와 함께해온 유서 깊은 술집이다. 그동안 이 술집을 드나든 단골 중엔 모차르트, 레닌 등 세계사에 한 획을 그은 인물도 많다.

유럽의 다른 지역과 마찬가지로, 중세 시대 뮌헨에서도 맥주는 원래 가톨릭 수도원의 수도사들이 직접 만들어 마시는, 말하자면 일종의 종교적 음료였다. 사순절 금식 기간에 음료만 마실 수 있었던 수도사들이 곡물로 빚은 맥주로 체력과 영양을 보충한 것이다. 하지만 수도원 벽을 넘어간 맥주는 종교와는 상관없이 구수한 향취의 알딸딸한 기호식품이 됐고, 점점 더 많은 사람이 그 매력에 탐닉했다. 빌헬름 5세가 호프브로이하우스를 직접 설립하고 거기서 생산한 맥주를 시내 주점에 공급해 일반 시민들도 사 마실 수 있게 한 건, 결국 재정을 더욱 확대하기 위함이었다. 보리로만 양조한 일반 맥주는 비교적 저렴해 서민도 부담 없이 즐길 수 있었다. 이처럼 뮌헨

그 음식의 핑계

시민에게 사랑받은 호프브로이하우스 맥주는 다른 지방으로 수출까지 되며 유럽 내에서 명성이 높아졌고 바이에른 공국의 주요 수입원이 됐다. 이 맥주 덕분에 30년 전쟁과 흑사병으로 폐허가 된 뮌헨을 재건할 수 있었다는 얘기가 나올 정도로 말이다.

그럼에도 뮌헨 한복판에 자리한 호프브로이하우스 술집은 오랜 세월 귀족들만 출입할 수 있었다. 시민에게 개방된 건 1828년이다. 1806년 공국에서 왕국으로 격상한 바이에른 왕실은 달라진 국가 위상을 대내외에 과시하고자, 1810년 10월에 열린 왕자 루트비히 1세의 결혼을 기념하는 경마 대회를 5일 동안 성대하게 진행했다. 이 행사가 뮌헨 시민들에게 큰 호응을 얻자 왕실은 그다음 해부터 매년 10월이면 축제를 열었는데, 음식과 술을 파는 먹거리 장터가 함께 마련됐다. 세계 최대의 맥주축제인 뮌헨의 옥토버페스트가 바로 이 왕실 행사에서 비롯됐다. 이런 분위기 속에 자연스럽게 호프브로이하우스의 문이 시민에게 열렸고, 앞서 언급한 뮌헨 특유의 비어홀 문화가 꽃을 피웠다.

뮌헨에서 망명 생활 중이던 레닌이 호프브로이하우스의 이런 매력에 푹 빠져 단골이 되었고, 레닌이 이 술집에서 맥주에 취해 토론하다가 러시아 혁명을 기획했다고 주장하는 사람도 있다. 히틀러가 대중 앞에서 첫 연설을 하며 이름을 알리고 나치를 창당한 곳도 호프브로이하우스였다.

'세계에서 가장 유명한 술집'답게 가게 입구 한편에는 브랜드 로고를 넣은 맥주잔이며 컵이며 티셔츠 같은 걸 파는 기념품 숍까지 마련돼 있었다. 드넓게 펼쳐진 홀 안으로 들어서자 아치형의 높은 천장에 압도당하는 느낌이었다. 마치 거대한 동굴 속에 감춰진 새로운 세계로 빨려 들어온 것만 같았다. 바깥세상 일 따위는 훌훌 집어던지게 취기를 북돋우려는 듯 둥그스름한 천장에는 현란한 색깔과 문양의 벽화까지 한가득 그려져 있어 정신이 산란했다. 게다가 홀 안을 빽빽하게 채워 앉은 술꾼들의 술주정 섞인 폭소와 왕왕거리는 고함 소리, 그리고 큼지막한 호른까지 동원해 힘차게 뿜어대는 밴드의 생음악 연주 소리가 더해져, 가뜩이나 정신없는데 혼까지 더 쏙 빼놓았다. 술집치고는 얌전했던 슈나이더 브로이하우스와는 실내 분위기부터 확연히 달랐다.

그 넓디넓은 메인 홀에 남은 빈 좌석이 하나도 없었다. 내 뒤로도 손님들이 파도처럼 끊임없이 들이닥쳤기 때

여행의 핑계

그 음식의 핑계

문에 구석진 자리로 떠밀려갔다. 겨우 앉은 곳은 뒤편 홀의 주방 맞은편 테이블. 메인 홀과 달리 천장도 낮고 벽화도 없어 어쩐지 썰렁한데 비교적 한산한 편이라 '혼술'하기엔 오히려 편안했다. 불그죽죽한 꽃무늬 테이블보는 촌스럽고 친근해 '시민 맥주' 이미지에 잘 어울렸다. 의자는 여러 사람이 합석하기 좋게 큼지막한 벤치를 놓았다. 의자 자체가 무거운 데다 다른 손님이 이미 옆에 자리 잡고 있으니 내 몸에 맞게 잡아당길 수 없어 영 불편했다. '귀족 맥주'를 파는 슈나이더 브로이하우스와는 확실히 여러모로 달랐다.

호프브로이하우스 오리지널 생맥주와 뮌헨의 명물이라는 바이스부르스트Weisswurst(하얀 소시지)를 주문했다. 송아지고기와 돼지고기를 섞어 만든 소시지인 바이스부르스트는 삶아서 나오는데, 빛깔도 희뿌연 게 뜨거운 물에 담겨 있기까지 하니 퉁퉁 불린 개불이 연상되는 모양새라 좀 징그러웠다. 하지만 입에 넣어보니 고소하고 식감도 보들보들해 별미였다. 생맥주는 둔탁한 맥주잔에 한가득 채워져 제공되는데 기본 사이즈가 1리터라서 양이 꽤 많았다. 뽀얗게 올린 거품의 양만으로도 한국 호프집의 작은 맥주잔을 가득 채우고 남을 듯했다. '귀족 맥

그 음식의 핑계

주'인 슈나이더 브로이하우스의 밀맥주가 다채로운 과일 향으로 잔뜩 멋을 부렸다면, 호프브로이하우스의 오리지널 맥주는 '시민 맥주'답게 군더더기 없이 구수하고 깔끔했다. 남편과 함께 이 술집을 뻔질나게 드나든 레닌의 아내이자 혁명가 나데즈다 크룹스카야도 자서전을 통해 "손님들의 계급 차이조차 깡그리 희석시킬 만큼 맛있는 맥주"라며 극찬했다는데, 수긍이 갔다.

물론 뮌헨에서 홀랑 술만 마시다가 밤을 보낸 건 아니다. 역 앞의 호텔과 구시가지 중심부에 있는 두 술집을 걸어서 오기는 동안 미리엔 광장Marienplatz, 프라우엔 교회Frauenkirche, 막시밀리안 거리Maximillianstrasse, 막스 요제프 광장Max-Joseph-Platz, 오데온 광장Odeonsplatz, 호프가르텐Hofgarten 등 여러 명소를 알차게 돌아봤다. 특히 밤 느지막이 숙소로 돌아가는 길에 만난 마리엔 광장의 야경은 감탄을 자아낼 만큼 호화로웠다. 그래도 역시 나에게 뮌헨 여행의 주인공을 꼽자면 단연 맥주다. 환승 때문에 들른 도시였지만, 뮌헨은 맥주만 목적으로 삼고 가기에도 충분히 가치 있는 여행지다.

여행의 핑계

## ⊕ 맛집 고르는 법 --------------------------------------------

- 식당을 찾기 전에 우선 뭘 먹을지 음식의 종류부터 정한다.

- 지역의 식문화와 관련된 책, 혹은 지자체나 관광청
  공식 홈페이지 등을 통해 향토요리 정보를 찾아본다.

- 이런 자료들을 종합해 짧은 일정과 제한된 식사 횟수 안에서
  꼭 체험해볼 식문화 테마와 메뉴를 정한다.

- 맛집을 고른다. 이때 인터넷 정보나 대중매체도 참고하지만,
  무엇보다 현지인, 특히 호텔 컨시어지의 추천을 적극 참조한다.

- 유럽 여행에서 향토음식을 제대로 맛보고 싶다면, 미슐랭 2~3스타급
  레스토랑보다 동네 손님이 많은 일반 식당을 추천한다. 미슐랭은
  음식의 창의력에 많은 점수를 부여하므로 정통 향토음식보다
  퓨전 스타일의 요리가 많고, 맛 차원에선 오히려 "잉?"이라는 반응을
  불러일으킬 때가 종종 있다.

- 미식 문화가 발달한 나라에선 하루 한 끼 정도는 꼭 경험해보고 싶은
  맛집에서 사치를 부리고, 나머지 끼니에서 예산을 아끼는 방식으로
  여행비를 분배한다.

그 음식의 핑계

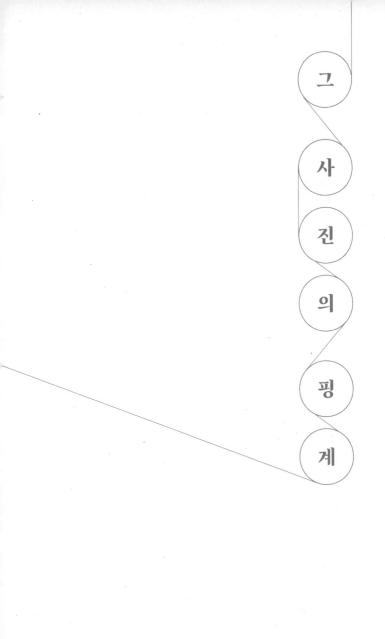

그
사
진
의
평
계

혼자가 아닌 둘이 되면서,

사랑하는 사람과 공유한 여행의 순간들을

함께 찍은 사진으로 남겨 추억하고 싶어진 것이다.

## 트레비 분수에서, 〈로마의 휴일〉한 장면처럼

"오빠 미쳤어."

아내는 내내 구시렁거렸다. 미간을 잔뜩 찌푸린 채 타박타박 내딛는 아내의 발걸음에선 묵직한 피로와 짜증이 동시에 뿜어져 나왔다.

그럴 만도 하다. 2011년 가을날, 우리 부부가 로마 시내를 걷고 있던 시각은 새벽 6시 반이었다. 한국을 떠나 여객기의 비좁은 이코노미 석에서 12시간 가까이 고문당한 뒤 밤늦게 로마에 도착하고 난 다음 날 새벽. 잠도 충분히 못 잔 데다 온몸 구석구석 여독이 짙게 쌓여 있었다. 자갈이 깔린 로마의 길바닥은 왜 그리도 딱딱한지, 발을 내디딜 때마다 발꿈치부터 무릎을 타고 올라오는 충격에 여독이 진동하며 몸속에서 마구 풀어헤쳐지는 것만 같았다.

내가 곤히 잠든 아내를 흔들어 깨운 건 그로부터 한 시간 전인 새벽 5시 반쯤이었다.

"해 떴어. 얼른 나갈 준비해."

시차적응을 못 하고 예민해서인지, 나는 여행 가면 좀처럼 잠을 푹 못 이룬다. 더구나 '아침형 인간'이라서 알람 같은 건 따로 맞춰놓지 않아도 알아서 잘 깬다. 아니, 너무 일찍 일어나서 탈이다. 반면, 성격이 무던한 아내는 머리만 닿으면 아무 데서나 금세 숙면에 빠지고 아침잠도 많다. 그러니 새벽 5시 반부터 "해 떴다"며 실쳐내는 남편을 보면서 미친 놈 아닌가 싶었을 것이다. 그런데 실은 그 시간에 해는 뜨지도 않았고 기껏해야 여명이 조금씩 밝아올 뿐이었다. 아내를 빨리 깨우려고 거짓말을 한 것이다. 이유가 있었다. 다름 아닌 사진 때문이었다. 트레비 분수Fontana di Trevi 앞에서 둘만이 오붓하게 사진을 찍고 싶었다.

† 북새통의 트레비 분수

1762년 건립된 트레비 분수는 로마의 대표적 관광명

여행의 핑계

소다. 도시 전체가 여행지인 로마에서도 트레비 분수를 몇 손가락 안에 드는 볼거리로 꼽는 건, 일단 이탈리아의 그 수많은 옛 분수 중 가장 규모가 크다는 점을 들 수 있다. 분수대가 설치된 폴리 궁전Palazzo Poli 건물의 파사드 전면부를 차지하며, 너비 49미터, 높이 26미터에 이른다. 무턱대고 크기만 한 게 아니라 아름답기까지 하다. 그윽한 아이보리빛 대리석을 섬세하게 깎고 다듬어 만든 후기 바로크 양식의 조각들은 화려하고 역동적이면서 웅장하기까지 하다.

이런 경이로운 자태로 일찌감치 영화인들의 눈길을 사로잡으며 〈로마의 휴일Roman Holiday〉(1953), 〈애천 Three Coins in the Fountain〉(1954), 〈달콤한 인생La Dolce Vita〉(1960) 등 세계적으로 유명한 영화에 배경으로 등장해 한층 유명해졌다. 특히 〈애천〉에선 여배우들이 뒤돌아서서 트레비 분수에 동전을 집어던지며 소원을 비는 장면이 나왔는데, 이후 분수에 동전을 던져 넣으면 로마에 다시 올 수 있다는 속설이 퍼지면서 관광객들이 이를 흉내 내는 게 풍습처럼 굳어졌다.

이러니 늘 사람이 미어터진다. 분수가 크긴 한데, 그 주변의 트레비 광장은 공간이 별로 넓지 않으니 더 혼잡

그 사진의 핑계

할 수밖에 없다. 그중에서도 분수대 앞쪽 난간 주변은 동전을 던지면서 인증 샷을 찍으려는 사람들이 서로 자리를 차지하겠다며 북새통을 이룬다. 이런 와중에 기념사진을 제대로 건지는 건 불가능에 가깝다. 푸른 물빛과 멋진 조각들을 배경으로 넣어 촬영하고 싶은데, 옆에 서 있는 다른 관광객들이 카메라 프레임 안으로 들어와서 다 가려버린다. 한두 사람도 아니고 워낙 발 디딜 틈 없이 붐비니 "잠깐만 비켜주실래요?"라고 일일이 부탁하기도 어렵다. 그렇다고 그들을 사진에서 빼보겠다며 피사체의 얼굴에 대고 근접 촬영을 하면 이번엔 사진 속 분수의 비중이 쪼그라들어 특유의 장엄한 느낌이 사라져버린다. 이게 로마의 트레비 분수인지, 잠실역의 짝퉁 트레비 분수인지 헷갈릴 정도다.

그런데 확실한 해결책이 하나 있다. 관광객이 다니지 않는 시간대에 찾아가서 한가로이 기념사진을 찍는 것이다. 그 하나의 목표를 위해, 새벽 5시 반에 아내를 깨워 트레비 분수로 향했다. '일찍 일어나는 새가 벌레를 잡아먹는다'는 속담처럼, 남들이 아직 잠에서 깨기 전에 트레비 분수를 선점하겠다고 부산을 떤 것이다. 로마에선 3박 4일을 머물렀으니 12시간의 비행을 마치고 도착

한 바로 다음 날이 아니어도 새벽에 방문할 기회가 두 번
더 있긴 했다. 하지만 나는 그때도 어김없이 최적의 동선
을 고려해 분 단위로 빡빡한 여행 일정표를 짜놓았고, 일
정에 맞춰 다니려면 딱 그 시간에 트레비 분수를 보아야
만 했다. 그렇게 아침 7시가 되기도 전에 트레비 분수에
도착했다. 그런데……

† 둘만의 트레비 분수를 찍다

"아, 이게 뭐야! 그러게 뭐 하러 새벽부터 그 난리를
쳐!"

단단히 화가 나버린 아내. 난감했다.

일찍 갔더니 그 유명한 트레비 분수 앞에 과연 우리 둘
말고는 다른 관광객이 아무도 없긴 했다. 거기까지는 정
말 좋았다. 그런데 뭐가 문제였냐고? 분수에서 물이 나
오지 않았다.

가기 전엔 미처 몰랐다. 사람들의 발길이 뜸해진 새벽
에는 분수에 물이 흐르지 않도록 잠가두는 모양이었다.
멋지긴 한데, 시원한 물소리도 나지 않고 대리석 조각만
덩그러니 보이는 터라 감흥이 덜했다. 무엇보다 물을 뿜

지 않는, 분수라고 할 수 없는 분수 앞에서 찍은 기념사진이 근사하게 나올 리 만무했다. 조금 지나자 우리처럼 부지런을 떨며 나온 여행자들이 하나둘 모여들었다. 그들도 실망해서 어쩔 줄 몰라 하는 눈치였다. 도리가 없었다. 그냥 기다리는 수밖에.

다행히 얼마 후 노란 장화를 신은 관리인이 호스를 들고 분수의 조각들 사이를 바삐 오가더니 이내 "차르륵" 소리를 내며 물이 샘솟기 시작했다. 분수 앞에 모여든 예닐곱 명의 관광객들은 박수를 치며 반겼다. 우리는 서둘러 카메라를 꺼냈다. 둘만의 오붓한 촬영은 성공시키지 못했지만, 그래도 인파의 방해 없이 트레비 분수의 온전한 자태를 배경으로 기념사진을 찍을 수 있었다. 투덜대던 아내도 막상 디지털 카메라 화면에 뜬 사진을 확인하더니 "한적하니까 좋긴 좋네"라며 만족해하는 눈치였다.

새벽에 사진 찍으러 나가는 나의 기벽에 대한 아내의 생각이 180도 달라진 건 귀국한 뒤였다. 친구들에게 여행사진 몇 장을 골라 보여줬는데, 그중에 트레비 분수에서 찍은 것도 섞여 있었던 모양이다.

"오빠, 로마 갔다 온 내 친구들이 도대체 이 사진 어떻

여행의 핑계

그 사진의 핑계

게 찍은 거냐고 엄청 부러워해. 트레비 분수에 이렇게 사람이 없을 수가 있냐면서, 꼭 CG 같대. 걔네가 갔을 땐 관광객이 하도 미어터져서 구경도 제대로 못하고 사진도 다 엉망으로 나왔다네? 피곤했지만 오빠 말 듣고 새벽에 가길 잘한 것 같아."

그다음 여행부터 아내가 달라졌다. 새벽에 깨워도 군소리 없이 일어나 잘 따라나선다.


## 여행자의 새벽은 낮과 밤보다 아름답다

† 새벽녘의 런던은 참 고요하고 평화로웠다

여행지에서 새벽에 나서는 건 오래전에 생긴 버릇이다. 처음부터 다른 관광객들의 방해 없이 오붓한 사진을 찍는 게 목적은 아니었다. 신문기자로 일할 때 취재 때문에 영국 런던으로 2박 3일짜리 출장을 간 적이 있다. 밤늦게 현지에 도착해서 이틀 뒤 오전에 귀국하는 일정이라 체류 시간이 너무 짧았다. 더구나 하루 온전히 머무는 둘째 날은 인터뷰며 현장 스케치며 취재를 해서 곧바로 기사를 작성해 한국으로 전송해야 해서 종일 짬이 안 날 것 같았다. 그때 영국을 처음 가본 나는 당연히 런던 시내를 구경하며 돌아다니고 싶었지만 시간적 여유가 없었다. 그래서 잠을 포기하고 둘째 날 본격적으로 업무에 돌입하기 전, 동틀 무렵에 밖으로 나선 것이다. 앞서 말한 대로 시차적응을 못하는 데다 원래 아침잠도 없는 편이라서 일찍 일어나는 건 그리 어렵지 않았다.

그렇게 다녀본 새벽녘의 런던은 참 고요하고 평화로웠다. 아침부터 관광객들로 붐비는 명소들도 믿기 어려울 정도로 한산했다. 사람이 지워진 시가지에서 랜드마크와 옛 건물들은 본연의 자태를 온전히 드러냈다. 넉넉한 여백 덕분인지 세밀한 부분까지 눈에 더 잘 담겼고 감동은 그만큼 깊어졌다. 관광객들이 내는 소음이 없는 점도 무척 좋았다. 실외인데도 주변이 조용하니까 한적한 박물관이나 미술관에서 작품을 관람하듯 고풍스러운 시내 풍경에 훨씬 몰입이 잘됐다.

도심에 사람들의 발길이 뜸해지는 건 심야에도 마찬가지이지만, 어두워서 주변이 잘 보이지 않는다는 단점이 있다. 새벽에 비하면 밤거리엔 은근히 사람들이 꽤 있기도 하다. 런던 출장길엔 시간이 워낙 아까워서 둘째

그 사진의 핑계

날 업무를 마치고 자정이 넘었을 때 또 밖으로 나갔는데, 취객들이 제법 다녔다. 또한, 어두침침한 템스 강Thames River 주변은 한적하긴 했지만 쥐떼가 신나게 몰려다니고 있었다. 여러모로 나에겐 런던의 새벽이 밤보다 좋았다.

잠깐 옆길로 새자면, 10년 뒤 두 번째로 런던을 방문했을 때는 주말 한낮에 그 유명한 노팅 힐Notting Hill에 간 적이 있다. 별로 넓지도 않은 거리에 관광객이며 놀러 나온 시민들이며 노점상들이 꽉꽉 들어차 있는 바람에 정신이 하나도 없었다. 잠깐 멈춰 서기라도 했다간 뒷사람과 부딪힐 것 같아서 떠밀리듯 계속 앞으로 걸어야 했다. 귓가를 때리는 시끌벅적한 소음은 또 어떻고. 노팅 힐까지 찾아가서 뭘 보고 왔는지, 어지러울 정도로 버거운 인파와 소음 말고는 기억에 남은 게 별로 없다.

아무튼 새벽에 런던 시내를 구경한 뒤 새삼 깨달았다. 여행 중에도 사람들은 잠을 잔다는 것, 아무리 관광객이 차고 넘치는 세계적인 명소라도 새벽엔 인적이 드물다는 것, 아울러 주변이 적막할수록 나의 여행 만족도는 높아진다는 사실을. 이걸 계기로 여행이든 출장이든 동 틀 무렵에 일정을 시작하는 습관이 생겼다.

계절마다 차이는 있지만 새벽이라 해도 완전히 깜깜

한 정도는 아니고 어스름 빛이 들기 시작해서 돌아다니는 게 딱히 불편하진 않다. 몸이 좀 피곤한 건 단점일 수 있으나 이 부분도 나름의 해결책을 찾았다. 관광객들이 일정을 시작하는 오전 8~9시쯤 숙소로 돌아와 한두 시간 아침잠을 자면서 휴식을 취하는 것이다. 다른 도시로 이동하기 위해 숙소에서 체크아웃을 해야 하면, 기차나 버스 안에서 눈을 붙이고 체력을 보충하면 된다. 그러니까 남들이 아직 자고 있을 때 먼저 일어나서 돌아다니고 남들이 일어나서 밖으로 나올 즈음엔 잠을 자는 청개구리 스타일의 여행인 셈이다.

† 파리 에펠 탑을 온전히 가슴에, 그리고 사진에 담다

새벽 여행의 매력은, 런던을 다녀온 뒤에 역시 출장으로 처음 가본 프랑스 파리에서 사진을 찍으면서 제대로 알게 됐다. 그때는 현지에 도착한 시각이 이른 오후라서 첫날부터 시내 곳곳을 구경할 여유가 충분했다. 하지만 괜히 파리가 아니다. 가는 곳마다 전 세계에서 몰려든 관광객이 넘쳐나니 눈이 어지럽고 어수선해 여행에 집중하기 어려웠다. 런던에서 새벽 여행의 호젓한 여유를 맛

봤던 나는 파리에서도 다음 날 일찍 서둘러 호텔을 나섰다. 과연 인적 드문 파리의 도심 거리는 그 자체가 감탄을 불러일으키는 예술 작품이었다. 환상 속의 파리와 현실에서 맞닥뜨린 파리 사이의 괴리로 인해 생기는 정신적, 신체적 증상을 파리증후군이라고 한다는데, 그런 건 이 도시의 미관을 새벽에 감상해보지 않았기에 생긴 게 아닐까 싶었다. 고작 관광객들이 있고 없고의 차이인데, 전날과 똑같은 장소를 가봐도 느낌이 전혀 달랐다. 특히 에펠 탑La Tour Eiffel이 좋았다.

피리의 상징인 에펠 탑을 가장 잘 조망할 수 있는 곳은 센Seine 강 건너편 샤요 궁Palais de Chaillot이 자리한 트로카데로 광장Place du Trocadéro 끝자락의 난간이다. 광장이 탑과 적당한 거리를 두고 떨어져 있는 데다, 나지막한 언덕 위에 조성돼 가장 균형이 잘 잡힌 상태의 에펠 탑을 볼 수 있다. 탑 바로 아래 남동쪽 방향으로 쭉 펼쳐진 마르스 공원Champ de Mars에서도 잘 보이긴 하지만, 이쪽은 지대가 낮아서 324미터에 달하는 철탑을 올려다보게 되니 살짝 찌그러진 형상이 된다. 카메라 렌즈에 담기는 모습도 마찬가지다. 이렇다보니 트로카데로 광장의 난간은 온종일 에펠 탑을 배경으로 기념사진을 찍으려는 관광객들로 붐빈다. 혈기왕성한 젊은이들은 '인생 샷'을 남기겠다며 겁도 없이 난간 위에 올라서거나 걸터앉아 소란을 떤다.

도착한 첫날 오후에 트로카데로 광장을 들르긴 했는데, 기념사진 명당자리인 난간의 중앙부엔 관광객들이 줄을 서서 사진 찍을 차례를 기다리고 있었다. 주변으로도 인파가 꽉꽉 들어차 빈틈이 없을 정도였다. 기왕 파리까지 왔고 에펠 탑도 있으니 난간 한쪽 구석에서 기념사진을 찍긴 했지만(중앙부는 아예 엄두도 안 났다), 낯선 관광객들이 프레임 안에 들어와 있는 데다 에펠 탑도 살짝 틀어진 모습이라 만족스럽지 않았다. 그런데 다음 날 새벽에 찾아간 광장은 역시 텅 비어 있어 그 누구의 방해 없이 포토 존인 난간의 중앙부를 혼자 차지할 수 있었다. 뒤에서 기다리는 다른 관광객이 없으니 에펠 탑의 완전체를 실컷 감상하는 것은 물론, 사진도 얼마든지 찍었다. 그날 이후로 새벽 여행이 즐거운 이유가 하나 더 추가됐다.

† 결혼 후, 기념사진에 사람이 들어왔다

파리 출장 때만 해도, 나에게 기념사진이라는 건 기억

여행의 핑계

하고 싶은 눈앞의 풍경을 카메라에 담아내는 사진일 뿐이었다. 인증 샷 속에서 '나'의 존재는 불필요했다. 파리에서 새벽에 찍은 수많은 사진에도 내 모습은 없었다. 다른 관광객들이 그러하듯, 나 자신 역시 미관을 해치는 방해물 중 하나라고 여겼다. 혼자 여행 다니면서 셀카를 찍기 어렵거니와 어디 내놓을 만한 외모가 아니어서인지 평소 스스로 피사체가 되는 걸 별로 좋아하지 않기도 했다.

그렇다고 풍경 사진을 근사한 작품 수준으로 찍은 것도 아니다. 사진에 조예가 특별히 깊지도 않고 소위 '장비빨'이 대단한 편도 아니니까 당연했다. SNS에 게시해 누군가에게 자랑하려는 목적도 없었다. 여행을 마치고 현실로 돌아온 후에, 그저 혼자서 가끔 그 순간을 떠올리며 흐뭇해하기 위한 용도였다.

기념사진에 대한 생각이 달라진 건 결혼한 뒤다. 혼자가 아닌 둘이 되면서, 사랑하는 사람과 공유한 여행의 순간들을 함께 찍은 사진으로 남겨 추억하고 싶어진 것이다. 그러면서 렌즈의 초점을 사람에게 맞추기 시작했다. 여행지에서 경험한 두 사람의 행복한 순간, 혹은 그 순간에 내가 바라보는 아내나 아내가 바라보는 나의 표정을 사진에 담았다. 풍경은 그 행복을 선사해주는 배경이 됐다.

여행 사진에 욕심이 더 생기면서 적당한 가격대의 품질이 양호한 카메라도 구입하게 됐다. 또한, 여행지에서 찍어온 인증 샷을 모아 한 권의 앨범으로 제작해 기념품처럼 간직하기도 했다. 물론 사진만을 목적으로 여행을 다닌 건 아니지만, 기왕 간 여행지에서 최대한 좋은 기념사진을 건지겠다는 핑계로 이런저런 품을 들였다. 아내의 타박을 무릅쓰고 그 새벽에 트레비 분수를 찾아간 것처럼.


## 시간대마다 다른 얼굴을 보여주는 여행지

† 중세의 상점가로 타임슬립한 샘블즈 거리

시간이 허락한다면 같은 공간을 서로 다른 시간대에 가보기도 한다. 풍경이 근사한 상점가의 경우, 새벽 시간대가 기념사진을 찍기엔 좋지만 상점들이 문을 닫아 활기찬 분위기를 느낄 수 없다. 이런 곳들은 새벽에 관광객이 없을 때는 사진을 찍고, 한낮이나 저녁엔 가게들을 구경하는 재미로 다녀본다. 영국 요크York의 샘블즈Shambles 거리를 그렇게 두 번 돌아다녔다.

샘블즈 거리는 중세 유럽의 상점가 모습이 잘 보존된 곳으로 유명하다. 거리라고는 하지만, 빽빽하게 들어선 2~3층짜리 건물 사이로 비좁은 도로가 나 있어 사실상 골목에 가깝다. 층이 높아질수록 폭이 넓어지는 가분수 형태의 독특한 목골조 건물들이 시선을 끄는데, 개중엔 14~15세기에 지어진 것도 제법 있어 역사적 가치가 높다.

원래 샘블즈 거리는 요크의 축산시장이었다. 생고기에서 풍기는 누린내와 피가 낭자한 살풍경 때문에 푸줏간들을 음침한 장소에 한데 몰아넣은 것이다. 말하자면 혐오시설이 밀집한 뒷골목이었다. 샘블즈라는 지명도 도축장이나 축산시장을 뜻하는 영단어 '샘블즈shambles'('지저분한 곳'이라는 뜻으로도 쓰인다)에서 가져온 것이다. 건물의 위층 바닥을 아래층 벽보다 돌출시켜 층마다 처마 같은 공간을 만든 이유는, 도축해 손질한 고깃덩이들을 여기에 줄줄이 매달아 손님들에게 보여주고, 또한 뙤약볕과 빗물에 상하는 것을 막기 위해서였다고 한다.

그 사진의 핑계

이렇듯 샘블스 거리는 요크 시민들에겐 고기를 먹기 위해 꼭 필요하면서도 꺼리는 공간이었다. 당연히 이 뒷골목에서 살아가는 도축업자들은 가난한 하층민이었다. 세월이 흐르면서 요크 시내의 다른 곳들이 깔끔하게 단장되는 동안, 샘블스 거리의 푸줏간 건물들은 아무리 낡아도 방치될 수밖에 없었던 건 증축하거나 개축할 돈이 없었기 때문이다.

이 버림받은 뒷골목의 운명이 뒤바뀐 건 1950년대부터다. 중세 상점가 모습이 제대로 보존돼 있다며 관광지로서 그 가치가 주목받기 시작한 것이나. 짧게는 100년, 길게는 600년 넘는 세월을 거치며 금방이라도 무너질 것 같던 골목 안 건물들이 하나둘 수리됐다. 입소문을 타고 전국 각지에서 관광객이 찾아오면서 푸줏간이 있던 자리엔 카페, 베이커리, 초콜릿 가게, 액세서리 상점 등 아기자기하고 세련된 가게들이 들어섰다. 덕분에 온종일 누린내가 진동하던 후미진 뒷골목이 고소하고 달콤한 향이 맴도는 산뜻한 상점가로 환골탈태했다.

특히 2001년 영화 〈해리 포터와 마법사의 돌〉이 개봉한 이후 세계적인 관광명소로 부상했다. 영화에 등장한 마술용품 상점가 골목 다이애건 앨리Diagon Alley와 닮았다고 알려지면서부터다. 한국에선 극중 다이애건 앨리의 모티브가 된 곳으로 알려지기도 했는데, 사실 여부는 알 수 없단다. 일단 영화의 원작 소설을 쓴 조앤 롤링은 "평생 샘블즈 거리에 가본 적도 없다"며 부인한 바 있다. 어쨌든 확인된 바 없는 이 소문에 힘입어 샘블즈 거리 곳곳엔 〈해리 포터〉 기념품 가게들이 우후죽순처럼 생겨나기도 했다.

아내와 나는 요크에 도착한 첫날 오후에 샘블즈 거리를 찾아갔다. 건물을 보자마자 마음에 쏙 들었다. 세월의 때가 잔뜩 묻은 외벽이며 허름하게 곰삭은 나무 골조가 예스러운 풍경을 좋아하는 나의 취향을 제대로 건드렸다. 관광지라서 가게들이 지나치게 상업화된 점은 다소 아쉬웠지만, 이런저런 기념품을 구경하는 재미가 또 그나름대로 쏠쏠했다. 중세 느낌이 물씬 풍겨 사진도 근사하게 나올 것 같았다. 하지만 눈으로 보기만 하고 카메라는 꺼내들지 않았다. 하필 그날이 토요일이고 날씨까지 화창해서 요크 시내 어디든 관광객이 바글바글했는데, 가뜩이나 비좁은 샘블즈 거리 일대야 말할 것도 없었다. 기념사진이라고 찍어봤자, 골목 안을 가득 메운 사람들의 알록달록한 옷 색깔만 어지럽게 두드러져 풍경과 부

그 사진의 핑계

여행의 핑계

조화를 이룰 게 뻔했다. 더구나 아내와 함께 사진을 찍으려면 삼각대를 설치해야 하지만(어지간해선 낯선 사람에게 카메라를 넘겨주지 않으니), 그 많은 사람의 통행을 방해할 것 같아 엄두를 못 내기도 했다.

그래서 다음 날인 일요일 새벽에 기념사진을 찍으러 다시 갔다. 확실히 전날과는 전혀 다른 골목 풍경이 펼쳐졌다. 관광객이 사라지고 상점들이 문을 닫은 섐블즈 거리는 고즈넉했다. 오래된 건물들이 내뿜는 음침하고 눅눅한 기운은 영국 시대극에 나오는 빈민가 뒷골목을 연상케 했다. 즉, 영국다운 사진을 찍을 수 있는 분위기가 한껏 조성된 것이다. 우리는 섐블즈 거리의 참모습을 찬찬히 감상한 뒤 포토 존을 독차지하고 기념사진을 남겼다.


† 그리스 산토리니 섬의 이아 마을

그리스의 산토리니Santorini 섬에선 사진 때문에 세 번이나 찾아간 곳이 있다. 섬의 북서쪽 해안에 자리한 이아 Oia 마을의 '성 니콜라스 성Agios Nikolaos Castle'이다. 이름이 길어서 그런지 관광객들 사이에선 그냥 '이아 성'이나 '굴라스Goulas'라는 명칭으로 더 잘 알려진 곳이다. 거창하게 '성'이라고 불리지만(성채를 뜻하는 그리스어 카스트로κάστρο로 표현), 실은 망루를 갖춘 요새에 가깝다. 규모가 아주 작은 데다 지붕도 없이 무너진 상태라서 성 자체는 볼품이 없다. 그런데도 세계 각국에서 관광객이 찾아오는 명소다. 물론 폐허나 다름없는 이 성을 보러 오는 건 아니고, 여기서 바라보는 일몰이 세상에서 가장 아름답다는 말에 혹해 몰려드는 것이다.

설명을 덧붙이자면, 성 니콜라스 성은 베네치아 공화국이 이 심을 다스린 중세 시대에 지어졌다. 산토리니 섬은 면적(약 76km²)이 울릉도(약 73km²)와 비슷한데, 이 작은 섬의 주인이 여러 번 바뀌면서 복잡다단한 역사를 겪어왔다. 그리스 본토와 크레타 섬, 튀르키예Republic of Türkiye(옛 터키)에 둘러싸인 입지적 특성으로 해상무역의 요지인 동시에 외침에 자주 시달린 게 이유였다. 십자군 전쟁으로 에게 해 일대가 혼란에 빠진 틈을 타 해적이 창궐하자, 15~16세기에 베네치아 공화국과 스페인, 포르투갈, 프랑스 등지에서 건너온 다국적 이주민들은 힘을 합쳐 먼 바다가 내려다보이는 높은 해안 절벽 위에 성을 지었다. 해적선이 출몰하면 망루의 보초병은 마을에 경보음을 울렸고, 주민들은 즉각 성에 집결해 문을 걸어 잠근 채 피신했다. 이아의 성 니콜라스 성도 이렇듯 요새와 피난처의 역할을 겸한 산토리니 섬마을의 성채들 중 하나였다.

해적들의 약탈에 얼마나 시달렸는지, 당시 산토리니 사람들은 마을의 주택이나 교회도 바닷가 절벽 위 경사면에 세웠다. 신속하게 성 안으로 모여 대비할 수 있도록 성채 주변에 건물들을 포개놓 듯이 오밀조밀 지었다. 또한, 바위를 파서 동굴 집을 짓거나 벽을 세워 출입구를 가리는 등 최대한 폐쇄적인 형태를 갖추었다. 마을의 길은 해적들이 돌아다니기 어렵도록 폭을 좁히고 미로처럼 꼬불꼬불 복잡하게 만들었다. 섬 생활의 특성상 바다와 가까이 있는 게 편할 텐데도, 주민들은 어선을 타러 나가거나 무역선의 하역 작업을 하기 위해 지그재그로 난 절벽의 비좁은 길을 매일 오르락내리락하는 불편과 수고를 감내했다. 그렇게 해적의 위협 탓에 조성된 이 비합리적인 마을 입지와 건축 및 토목 양식이 세월이 한참 흐른 뒤 뜻하지 않게 관광자원이 된 것이다.

이아 마을은 1956년 산토리니 섬을 덮친 대지진 탓에 초토화되면서 주민 대부분이 타지로 떠나야 했다. 폐허가 된 마을은 20년이 지난 1976년, 그리스 관광청이 이 일대를 관광지로 띄우겠다며 무너진 옛 가옥 60여 채를 복원시켜 깔끔하게 새 단장한 뒤 주민들이 하나둘 돌아오면서 부활했다. 그런데 마을 복구 사업이 본격화되기 2년 전인 1974년, 서슬 퍼런 그리스의 군사정부는 섬 지역의 건물을 국기 색상인 하얀색과 파란색으로만 칠하도록 제한하는 법을 제정했다. 그리스인의 애국심을 고양시킨다는 목적이었다. 이 법에 따라 이아 마을의 모든 건물도 벽에 백색을, 지붕이나 문에 청색을 입힌 모양새로 복원됐다. 그런네 군복 입은 군인들처럼 통일성을 갖춘 그 독특한 풍경이 오히려 관광객을 끌어들이기 시작했다. 특히 마을 서쪽 끝자락 절벽의 경사면을 따라 계단식으로 늘어선 새하얀 건물이며 풍차는 해질 녘이면 붉은 태양과 노을을 반영해 황홀한 오렌지 빛을 뿜어내는데, 덕분에 세계 최고의 일몰 풍경이라는 찬사를 듣는다. 이 절경을 가장 잘 감상하면서 사진도 근사하게 찍을 수 있는 곳이 바로 성 니콜라스 성이다.

여행의 핑계

그 사진의 핑계

† 나에게는 세계 최고의 일몰보다
아침 풍경이 인상적이었다

　마을에 도착한 첫날, 아내와 나는 저녁 식사를 서둘러
마치고 해넘이 시간에 맞춰 곧장 성으로 향했다. 하지만
한발 늦었다. 성 초입까지 벌써 관광객 인파가 빼곡하게
들어차 있었다. 코로나 바이러스 팬데믹 이전만 해도 자
그마한 이 섬의 연간 방문객 수는 200만 명이 넘을 정도
였다. 해질 녘이면 섬 곳곳에 흩어져 있던 그 수많은 관
광객이 성 니콜라스 성으로 한꺼번에 몰려오니 수많은
사람에 치이며 붐비는 건 당연지사. 사람들을 헤치고 겨
우 올라가긴 했는데, 포토 존인 성의 북서쪽 난간은 이미
발 디딜 틈이 없었다. 하는 수 없이 비교적 한산한 동쪽
난간에서 북동쪽 마을을 배경으로(전망이 영 서쪽만 못하
다) 기념사진을 찍은 뒤, 북서쪽 절벽의 진짜 절경은 멀
찌감치 떨어져 까치발을 딛고 흘깃거리다 돌아왔다. 그
래서 다음 날엔 좋은 자리를 선점해 죽치고 기다리자며
아예 일몰 두 시간 전에 일찌감치 찾아갔다.
　다음 날, 그 이른 시간에도 이미 북서쪽 난간은 우리보
다 부지런한 관광객들이 차지하고 있었다. 난간 바로 앞

포토 존에는 큼지막한 '대포 카메라'를 얹은 삼각대들을 나란히 세워놓아서 비집고 들어갈 공간이 없었다. 태양이 바다 서편의 수평선으로 다가가자, 전날과 마찬가지로 난간 앞쪽은 북새통을 이뤘다. 난간에서 비교적 멀지 않은 성벽 앞자리를 확보했지만 카메라 프레임 안에는 이아 마을의 절경보다 우리 앞에 선 다른 관광객들의 뒤통수가 훨씬 더 많이 잡혔다. 아내나 내가 주인공인 기념사진은 일찌감치 포기했다. 카메라를 들고 팔을 사람들 머리 위로 높이 뻗어 풍경 사진만 열심히 찍었다. 과연 석양에 붉게 물든 이아 마을과 하늘, 그리고 에게 해는 한 폭의 그림처럼 아름답긴 했다. 하지만 '세계 최고'의 일몰까지는 아니었다. 수많은 낯선 이들에게 둘러싸여 온갖 소음을 들어가면서 보고 있으니 아무리 멋진 풍경이라도 감동이 덜할 수밖에.

그래서 셋째 날 새벽에 세 번째로 성 니콜라스 성을 찾아갔다. 해가 뜨자마자 일찍 출발했지만 도착한 건 아침이었다. 숙소가 마을의 동쪽 끝에 떨어져 있기도 했고, 인적이 드문 이아 마을의 골목 풍경이 예뻐서 걷는 도중에 구경도 하고 사진도 찍느라 제법 시간이 걸렸기 때문이다. 이미 아침인데도 다행히 성에는 아무도 없었다.

그 사진의 핑계

'세상에서 일몰이 가장 아름다운 곳'이라는 명성 때문에 저녁에만 관광객이 몰리는 모양이다. 같은 장소에 온 게 맞나 믿기 어려울 만큼 그 혼잡하던 성은 고요했다. 포토존인 북서쪽 난간은 우리만의 공간이 됐다.

전날만 해도 대포 카메라에 점령당했던 난간 끝에 서니, 푸른 바다와 하늘을 뒤로한 채 아침 햇살에 눈부시도록 빛나는 새하얀 마을의 정경이 시야에 한가득 들어왔다. "우와" 하고 탄성이 절로 나온다. 딱 그리스 국기의 그 청량한 두 빛깔이 찬란하게 펼쳐졌다. 절벽 저 아래에 있는 신착장도 처음으로 눈에 띄었다. 먼 바다는 검푸르지만 지면과 맞닿은 해안의 맑은 바닷물은 물속을 훤히 드러낸 채 에메랄드빛으로 찰랑거렸다. 바다가 잔잔해 파도 소리는 거의 들리지 않았는데, 아주 가까이에서 "쫑쫑" 하는 상쾌한 새 소리가 귀를 간지럽혔다. 둘러보니 난간 아래쪽 성벽의 작은 구멍 앞에 참새 한 마리가 아슬아슬하게 매달려 있다. 구멍 안에도 새끼인지, 아니면 배우자인지, 다른 참새 한 마리가 들어앉아 고개만 빠끔 내민 채 바깥에 매달린 참새와 마주보고 지저귄다. 그 옛날 해적들이 마을을 침략했을 때 남기고 간 탄환 흔적이 아닌가 싶은데, 참새들이 그 동그란 틈을 비집고 보금

그 사진의 핑계

자리를 마련한 모양이다. 뭐 대단한 구경거리도 아니건만 신기하고 정겨워 한참을 넋 놓고 쳐다봤다.

그렇게 호젓이 그리스를 대표하는 절경을 감상한 뒤 삼각대를 세워 둘만의 기념사진도 실컷 찍었다. 나에게 이아 마을은 일몰이 아름답다는 저녁보다 아침 풍경이 더 인상적이었다.


## 새벽 여행이 가져다준 또 다른 묘미들

### † 튀르키예 괴레메의 한정판 해돋이 풍경

일출이나 일몰 사진은 선택의 여지없이 오직 그 시간대에만 촬영할 수 있는, 시간이 중심이 되는 사진인 셈이다. 그 가운데서도 독특하게, 튀르키예의 괴레메Göreme에는 땅이 아닌 곳에서 느낄 수 있고 찍을 수 있는 해돋이 풍광이 있다.

튀르키예로 여행을 간다면 꼭 들러야 하는 곳이 카파도키아Cappadocia다. 이 일대는 아주 오래전 화산 폭발로 화산재가 뒤덮이면서 평평한 화산암 고원이 형성됐다.

고원에 들어찬 암석은 지진으로 땅이 흔들리자 이리저리 뒤틀리거나 쪼개졌고, 제 갈 길을 내겠다는 날카로운 비바람에 뚫리고 깎였다. 화산재가 뭉쳐진 바위는 비교적 무른 편이라 이런 수난에 더 쉽게 굴복했다. 그러면서 원뿔이나 버섯 모양의 기암괴석들이 평평하고 드넓은 고원에 빼곡히 늘어서게 됐다. 덕분에 높은 곳에 올라가 주위를 내려다보면 마치 낯선 외계 행성에 와 있는 것처럼 초현실적인 파노라마가 펼쳐진다. 카파도키아에는 이런 장엄한 자연경관에 더해 역사적으로 의미 있는 유적들까지 여럿 남아 있다. 로마 제국의 박해와 이슬람교의 공격을 피해 숨어든 기독교인들이 신앙을 지키기 위해 빚어낸 지하 동굴도시들이 대표적이다. 자연의 힘이 아니라 인간의 힘으로도 파헤칠 수 있는 화산재 바위라서 가능했다.

이렇듯 볼거리가 풍성한 카파도키아 여행의 기점이 되는 몇몇 도시 중 하나가 괴레메다. 도시라고는 하지만 주민 수는 고작 2,000명 남짓해 조금 큰 마을 같다. 우리 부부도 괴레메의 아늑한 동굴호텔(동굴처럼 바위를 파서 그 안에 객실을 만든 호텔)에서 2박 3일을 지내며 빈틈없이 여행을 즐겼다. 볼거리가 참 많았지만 가장 기억에 남는 건

그 사진의 핑계

열기구 투어다. 열기구에 탑승해 고원의 기암괴석과 계곡 위를 누비고 다니는데, 계곡마다 바위들의 생김새가 다르기도 하고 운전사가 뾰족한 바위 위를 스쳐가듯 아찔한 저공비행도 선보여 지루할 틈이 없다. 뭐니 뭐니 해도 백미는 하늘 높이 떠올라 일대를 한 바퀴 빙 돌며 고원 전체를 내려다볼 때다.

이처럼 흥미진진한 열기구 투어는 여명이 막 밝아올 즈음(계절마다 차이는 있지만 대략 새벽 5시)에 시작된다. 처음 열기구를 타고 하늘을 날아본 건 이집트의 룩소르였는데, 그때도 마찬가지였다. 자세한 과학적 설명은 생략하겠으나 열기구를 공중으로 띄우기에 가장 적합한 온도 조건이 갖춰지는 게 그 시간대라서 그렇다고 한다. 하늘 위에서 새벽 찬 공기를 마시며 맞이하는 해돋이의 감동은 지상의 그것과는 비교할 수 없다. 고원의 기암괴석과 굴곡진 계곡들이 밝아오는 아침 햇살을 한껏 머금은 채 눈부시게 빛을 발하고, 서쪽을 향해서는 긴 그림자를 늘어뜨려 대지 위를 또렷한 명암으로 물들인다. 그런 풍경을 보고 있자니 대자연이라는 말이 절로 실감됐다. 특히 주변 상공에 한꺼번에 떠 있는 수백 개의 열기구들이 장관이다. 크기와 높낮이를 서로 달리하며 알록달록 하

여행의 핑계

늘을 곱게 메운 모습에 사진을 찍고 또 찍게 된다.

고소공포증이 있으면 아쉽게도 이 멋진 체험을 즐길 수 없다. 딱히 높은 곳에 대한 두려움이 없는 나와 아내도 열기구가 공중으로 높이 떠오를 때엔 오금이 저렸다. 여객기처럼 외부와 차단된 벽이나 유리창도 없이 사방이 뻥 뚫린 상태로 상공을 날아다니니 그럴 만도 하다. 더구나 실제로 열기구가 종종 추락사고를 일으켰다는 기록도 이런 두려움을 부채질한다. 2017년만 해도 카파도키아에서 덴마크인 관광객이 사망하는 사고가 있었고, 한국인을 포함한 49명의 탑승자가 다치는 사고를 비롯해 그동안 크고 작은 추락사고가 잇달았다. 실제로 여행 관련 커뮤니티에는 고소공포증 때문에 카파도키아까지 가서 열기구 체험을 포기했다는 사연이 적지 않다.

그런 경우에, 비슷한 기분을 내보면서 제법 넓게 펼쳐진 장관을 감상하고 사진에 담을 수 있는 방법이 있다. 동굴호텔이 밀집한 괴레메 남동쪽에는 살짝 높은 구릉지가 있다. 그 위로 올라가면 광활한 아이든 크르그Aydın Kırağı 국립공원이 펼쳐진다. 밑에서 보면 별로 높지 않은 것 같지만 막상 경사로를 따라 올라갈 때엔 거친 숨을 헉헉 내쉬게 될 정도로 생각보다 가파르다. 지대가 높으니

괴레메의 시내 전경과 주변에 펼쳐진 계곡 및 기암괴석이 한눈에 들어온다. 그래서 괴레메 최고의 일출과 일몰 명소로 꼽히는데, 새벽 5시에 이곳을 찾아가면 수백 개의 열기구가 이륙해 별처럼 하늘 위를 장식한 풍경을 감상하면서 환상적인 기념사진을 찍을 수 있다. 그 새벽부터 일부러 웨딩 촬영을 하러 찾아오는 신혼부부들이 있을 정도다. 고소공포증 탓에 열기구에 탑승하지 못한 여행자에겐 놓칠 수 없는 인증 샷 기회다.

우리 부부는 열기구를 타는 동안 실컷 사진을 찍었는데도 풍경 사진 일색이라 영 만족할 수가 없었다. 카파도키아의 하늘, 계곡, 기암괴석과 수많은 열기구를 배경으로 사람에 초점을 맞춰 촬영하기엔 카메라 렌즈와 피사체 사이의 거리가 턱없이 모자랐다. 별로 넓지도 않은 열기구 안에 옴짝하기 어려울 만큼 탑승객이 가득했기 때문이다. 옆에 있던 다른 관광객에게 부탁해서 둘이 얼굴을 바짝 맞댄 포즈로 기념사진 한 장을 겨우 건지긴 했는데, 근접 촬영이라 얼굴만 엄청 커다랗게 나왔다. 그래서 괴레메에서 머문 마지막 날 동틀 녘에 아이든 크라그 국립공원에 올라가 상공에 떠오른 열기구 떼를 배경으로 여유롭게 둘만의 기념사진을 찍으려 했다. 마침 우리가 투숙한 동굴호텔이 공원 바로 앞이라 찾아가기도 쉬웠는데, 알람이 울렸는데도 일찍 일어나지 못했다. 전날 일정이 속된 말로 '빡셌던' 탓이다. 해 뜨기 전부터 열기구 투어를 시작하고, 온종일 유적지며 계곡 여기저기를 돌아다니는 미니버스 투어에 참여하고, 밤엔 괴레메의 야경을 본다며 아이든 크라그 국립공원에 올라갔다 오고…… 체력이 바닥날 만도 했다.

무거운 몸을 이끌고 부랴부랴 경사진 길을 올라가니 이미 해는 하늘 높이 떠 있었고, 열기구는 대부분 착륙하는 중이었다. 다행히 지각 운행을 한 열기구들이 아직은 남아 있었다. 우리는 삼각대를 설치하고 둘이 함께 카파도키아에 다녀왔음을 확인시켜주는 기념사진을 남겼다.


† 새벽 여행은 안전도 보장해준다


풍경에 더 몰입할 수 있고 여행사진이 근사하게 나온다는 점 말고도, 새벽 여행의 좋은 점은 또 있다. 소매치기에 관해 한시름 놓아도 된다는 것이다. 여행 중 소지품 관리에 주의해야 하는 건 상식이지만, 특히 남유럽, 그중에서도 이탈리아에선 경계의 수준을 최고로 높여야 한다. 어디서든 소매치기들이 주변을 맴돌고 있다가 눈 깜짝할 사이에 주머니나 가방을 감쪽같이 털어가기 때문이다.

워낙 조심한 덕분에 도난을 당하진 않았지만, 이탈리아에선 가는 곳마다 의심스런 상황이 끊임없이 벌어졌다. 로마에선 버스를 갈아타면서까지 우리를 계속 미행한 아랍계 남자가 있었다. 피렌체 역 앞에선 집시 청소년무리가 여행 가방을 든 아내와 내 주변을 뜬금없이 뱅글뱅글 돌았다. 매의 눈으로 훑어보자 포기한 건지 자기들끼리 고개를 절레절레 흔들며 사인을 주고받고는 자리를 떴다. 베네치아에 도착했을 때엔 기차에서 내리기 직전에 험상궂게 생긴 집시 노파가 아내의 발을 밟고 몸을 밀치더니 괜히 시비를 걸었다. 손짓발짓 다 해가며 이탈리아어로 괴성을 지르고 소란을 피우는데, 가만 보니 주변에 노파의 손자로 보이는 어린애들이 아내가 들고 있던 가방을 염탐하는 눈치라서 각별히 주의했다.

우리가 겪은 일은 약과다. 여행 동호회 게시판을 찾아보면 이탈리아, 스페인 등 유럽 곳곳에서 기상천외한 절도에 시달린 사례들이 무궁무진하게 쏟아져 나온다. 나는 남유럽에선 실내든 실외든 걷다가 2~3분에 한 번꼴로 갑자기 휙 뒤돌아보곤 한다. 쫓아오는 수상한 자가 없는지 감시하는 동시에, '헤벌쭉 다니는 만만한 여행자가 아니니 훔쳐갈 생각 말라'며 경고 신호를 보내는 것이다. 이렇다보니 즐겁기만 해도 시간이 모자란 여행길에서 스트레스가 이만저만이 아니다.

그런데 새벽에 나가면 절도 피해의 걱정을 한결 덜 수 있다. 많은 여행자가 밤이 깊을 때까지 술을 마시거나 클럽에서 놀고, 몽롱하게 취한 이들의 주머니와 가방 같은 손쉬운 먹잇감을 노리고 소매치기나 강도들은 기꺼이 야근을 한다. 밤잠을 설치며 일(?)을 했으니, 아침엔 늦잠을 자야 한다. 그래야 새로운 일거리(?)를 찾아 돌아다닐 체력을 보충할 테니까. 더구나 앞서 말한 것처럼 아무리 유명한 관광지라도 동틀 무렵엔 한산하게 마련이다. 도둑들 입장에선 목표물을 찾기 힘든 시간이니 굳이 일찍 깰 필요가 없다. 관광객이 그렇듯, 소매치기나 강도들도 새벽엔 잠을 잔다. 그러니 낮과 밤보다는 한결 경계심을 풀고 여행을 즐길 수 있다.

사진도 마찬가지다. 앞서 잠깐 언급했는데, 나는 여행지에서 아내와 함께 기념사진을 찍고 싶을 때 근처에 있는 낯선 사람에게 카메라를 건네주며 "사진 좀 찍어주실

그 사진의 핑계

래요"라고 부탁하는 경우가 거의 없다. 무성의하게 대충 찍어줘서 건질 만한 게 별로 없기도 하지만, 무엇보다 도 난이 걱정되기 때문이다. 옆에 있던 관광객에게 촬영을 부탁하며 카메라나 휴대전화를 건네줬더니 포즈를 취하 는 순간 그걸 들고 냅다 달아나버렸다는 사연은 무척 흔 하다. 상대가 경계심을 가지지 않도록 일부러 관광객처 럼 차려입고 사진 찍어주겠다며 접근하는 소매치기들이 있을 정도다.

그래서 우리 부부는 번거로워도 삼각대를 가지고 다 닌다. 물론 주변에 사람이 많은 시간대에는 소매치기가 삼각대째로 홀랑 들고 갈까봐 긴장의 끈을 놓을 수 없지 만, 한적한 새벽에는 이 편리한 도구를 마음 편하게 활용 할 수 있다. 삼각대가 다른 관광객들의 통행이나 기념사 진 촬영을 방해할 염려도 없고 말이다.

† 바르셀로나 구엘 공원, 공짜로 맘껏 구경하다

스페인 바르셀로나Barcelona의 명소인 구엘 공원Park Güell 에선 사진 찍으러 새벽에 갔다가 여행비까지 절약했다.

구엘 공원은 세계적인 건축가 안토니 가우디가 설계

한 곳이다. '가우디 투어'가 있을 정도로 바르셀로나에는 가우디가 탄생시킨 독특한 건축물이 많이 남아 있는데, 구엘 공원도 투어에서 절대 빼놓을 수 없는 그의 대표작 중 하나다. 공원은 가우디의 친구이자 후원자인 에우세비 구엘의 의뢰로 1900년 착공됐다. 원래 지으려 했던 것은 공원이 아니라, 구엘이 바르셀로나의 상류층 친구들과 함께 '그들만의 세상'을 구축해 품격 있는 주거 생활을 누리고자 했던 고급 타운하우스였다.

에우세비 구엘은 방직공장을 운영하는 부르주아 집안에서 금수저로 태어났다. 평소 여행도 자주 즐겼던 그는 1878년 파리 세계박람회를 둘러보던 중 가우디가 전시한 창문 디자인에 크게 감명 받는데, 이게 두 사람이 인연을 맺은 계기가 됐다. 돈 많은 재벌과 천재적인 건축가의 만남으로 바르셀로나의 도시 풍경은 달라진다. 당시 유행한 아르누보 양식을 바탕으로 가우디의 독특한 감성을 발현시킨 혁신적 디자인의 건물이 속속 들어선 것이다.

한편, 19세기 중반 이후 산업혁명을 거치면서 1900년 무렵까지 바르셀로나의 인구는 4배 이상 폭증했다. 당연히 도시의 주거 환경은 갈수록 악화됐고 1870년엔 전

181

그 사진의 핑계

염병까지 돌았다. 결벽증이 있었던 구엘은 복잡한 도심에서 벗어나 전망 좋은 시 외곽에 쾌적한 새 주거지를 마련하고자 했다. 그래서 바르셀로나 시내와 지중해가 한눈에 내려다보이는 펠라다 산Muntanya Pelada의 부지 15만 제곱미터를 매입해 고급 타운하우스를 조성해줄 것을 가우디에게 부탁했다. 당시 구엘은 영국에서 유행한 '전원도시 운동garden city movement'에 심취해 있었는데, 이에 가우디는 전원도시 운동에 맞춘 주택단지 건설을 계획했다. 그래서 단지의 이름도 카탈루냐어 대신 영어로 'Park Güell구엘 공원'이라 지었다. 단지 내의 모든 집은 바다를 조망하며 일조권이 보장되도록 딱 60채만 건립할 예정이라서 건폐율이 겨우 17퍼센트 정도에 불과했다. 가우디는 자신의 독창적 세계관이 마음껏 투영된 커뮤니티 공간으로 펑펑 남아도는 공터를 채워나갔다.

　그런데 구엘과 가우디의 이상을 실현하고자 한 이 고급 주택단지는 분양에 실패했다. 60채의 택지 중 분양된 물량이 겨우 한 채에 불과했으니 처참한 성적이었다. 그나마 한 채의 주인도 구엘의 담당 변호사였다. 바르셀로나의 부자들은 단지가 도심에서 멀리 떨어져 있는 데다 평지가 아닌 산의 경사면에 택지가 조성된 점을 마음에 들어 하지 않았다. 가우디의 독창적인 디자인도 시대를 너무 앞서갔는지 상류층의 취향을 사로잡지 못했다. 구엘의 아내조차 단지 내 정원이 쓸데없이 크다며 싫어했다고 한다.

결국 제1차 세계대전이 발발해 불황이 심해지자 1914년 공사가 전면 중단됐다. 그동안 단지 내에는 구엘의 친구 집과 모델하우스(이것도 미분양돼 결국 가우디의 집이 됐다)를 포함해 고작 두 채의 주택만 세워졌다. 한편, 펠라다 산에는 타운하우스 공사 이전부터 오래된 저택이 한 채 있었는데, 구엘 일가도 그 집으로 이사를 왔다. 이로써 미분양 주택단지는 구엘의 거대한 사유 공원이 됐다. 1918년 구엘이 사망하자 유족들은 유산 다툼을 벌이면서 구엘 공원의 매각에 나섰다. 바르셀로나 시의회는 이 부지를 매입해 시립공원으로 재단장한 뒤 1926년 시민들에게 개방했다. 상류층만의 유토피아를 꿈꾸던 구엘 공원이 아이러니하게도 누구나 드나들 수 있는 대중의 휴식처가 된 것이다.

이처럼 실패한 타운하우스가 공원으로 바뀔 수 있었던 건, 가우디가 디자인한 입주자 커뮤니티 공간의 덕택이 컸다. 가우디는 직선이 인위적인 반면, 곡선이야말로

신이 창조한 자연과 닮았다고 믿었다. 그래서 광장이나 계단, 시장, 세탁실, 관리사무소 건물 등 커뮤니티 공간의 디자인에 곡선미를 살렸다. 건축물의 기둥, 벽, 천장, 난간에는 야자수, 동물, 태양, 물 등 자연을 형상화한 조각과 모자이크를 넣었고, 다채로운 색상의 타일을 과감하게 사용해 이런 상징물을 보다 직설적으로 표현했다. 또한, 그리스 신화, 가톨릭, 프리메이슨, 카탈루냐 민족주의 등 다양한 종교와 사상을 각 조형물에 담아냈다.

독창적인 디자인에 스토리가 더해지고 가우디가 1926년 사망한 뒤 세계적인 건축가 반열에 오르면서 구엘 공원은 바르셀로나의 관광명소로 부상했다. 당연히 공원은 늘 각국에서 몰려온 관광객 인파로 붐빈다. 구엘 공원의 포토 존이자 하이라이트인 불도마뱀 조각상을 비롯해 가우디의 숨결이 남아 있는 공간마다 사진 찍는 사람들로 늘 긴 줄이 서 있다. 새벽에 구엘 공원을 찾은 우리는 당연히 그런 줄을 서지 않았다.

바르셀로나에서 머문 숙소는 카탈루냐 광장Plaça de Catalunya에 있었다. 아내와 내가 이곳에서 구엘 공원까지 단 한 번에 가는 엘 카르멜El Carmel 행 24번 버스에 올라탄 시각은 새벽 6시 33분. 버스는 30여 분을 달려 오전 7

시 경에 공원 근처 정류장에 도착했다. 공원이 가까워오자 오르막길이 이어졌다. 경사가 가파른 지점을 지날 때엔 버스가 "웅웅" 하고 요란하게 엔진 소리를 내기도 했다. 직접 와보니 바르셀로나의 부자들이 가우디가 설계한 이 호화 주택단지를 왜 외면했는지 알 만했다. 버스로 가도 30분이나 걸리는 데다 언덕길도 지나야 하는데 전차나 마차가 주로 다니던 그 시대엔 오죽 멀고 불편하게 느껴졌을까.

아무튼 우리는 공원의 정문이 아닌 동쪽 후문으로 입장했다. 관광객은 보이지 않았고 조깅을 하는 부지런한 현지인 한두 사람만 눈에 띄었다. 개장하기 한참 전이라서 정문은 굳게 닫혔지만, 후문과 연결된 산책로를 통해 우리는 아무런 제지 없이 가우디의 곡선 타일 벤치가 설치된 '자연의 광장'으로 들어갈 수 있었다. 그때만 해도 산책로에서 가우디가 디자인한 커뮤니티 시설 쪽으로 진입하는 걸 막는 바리케이드가 설치되기 전이어서, 오전 8시 이전엔 우리처럼 후문 쪽 산책로를 통해 공원 내의 가우디 명소들을 무료로 들어가 볼 수 있었다. 아쉽게도 지금은 거기를 막아놓아, 공원 개장 시각 이후에 정문을 통해서만 입장이 가능하다고 한다.

그 사진의 핑계

여행의 핑계

그 사진의 핑계

연간 1,200만 명이 방문한다는 구엘 공원의 가우디 명소에 우리 둘만 있었다. 낮에는 관광객들이 줄을 서서 차례를 기다린다는 불도마뱀 조각상도 오롯이 우리 기념사진의 배경이 되어 마음에 드는 사진이 나올 때까지 여유 있게 찍었다. 로마만큼은 아니더라도 바르셀로나 역시 소매치기 악명이 자자한 곳이라 낮에는 좀처럼 삼각대를 설치할 엄두를 내지 못했는데, 오전 7시경의 구엘 공원에선 가능했다.

## 구글 맵이 없으면 어떻게 여행을 다녔을까

### † 구글 맵은 포토 존을 알고 있다

물론 스마트폰과 구글 맵이 없던 시대에도 나는 국외여행을 다녔다. 손에는 가이드북과 지도가 들려 있었다. 지금 돌이켜보면 어떻게 그러고 다녔나 싶다. 다시 말하지만 낯선 외국 땅에서 스마트폰과 구글 맵만큼 편리한 도구가 또 없다. 그러다보니 국외여행을 갈 때마다 로밍을 신청하거나 현지에서 유심을 사는 건 필수가 됐다.

하지만 만능처럼 보이는 스마트폰도 고장, 분실 등의 문제가 생기거나 인터넷 연결이 끊기면 속수무책이다. 그래서 늘 비상용 인쇄본을 가방에 가지고 다닌다. 구글 맵으로 미리 경로나 교통편 같은 정보를 검색해 화면을 캡처한 뒤 일정에 맞춰 순서대로 쭉 나열한 PPT 파일의 인쇄본이다.

이 비상용 파일에 담아가는 다양한 정보 중에 포토 존도 있다. 랜드마크를 배경으로 아내와 함께 찍는 기념사진이든 풍경 사진이든, 여행사진이 가장 잘 나오는 최적의 장소를 구글 맵 스트리트 뷰에서 미리 찾아보는 것이다. 최근에는 개인이 구글 맵에 등록한 사진이나 동영상의 촬영 지점을 보여주는 포토 스피어나 포토 패스 같은 기능도 나와 있어 더욱 편리하다.

좋은 사진을 건지기 위한 준비 작업으로, 구글 맵을 탐색하기 전에 우선 여행지의 관광청이나 지방정부에서 운영하는 관광 홍보 홈페이지, 여행사 홈페이지, 또는 각 랜드마크의 공식 홈페이지에 들어가보기도 한다. 이런 웹사이트에는 여행 관련 정보와 함께, 여행자의 눈을 단숨에 사로잡을 만큼 근사하게 나온 각 랜드마크의 홍보용 사진들이 게시돼 있다. 같은 대상이라도 어느 장소에서 어떤 각도로 찍느냐에 따라 사진의 퀄리티는 얼마든지 달라지게 마련이다. 여행 관련 홈페이지들이 자랑하는 사진들을 참고해 구글 맵의 스트리트 뷰에서 촬영 장소나 각도를 미리 물색해놓으면 발품을 조금 줄이면서도 만족할 만한 여행사진을 건질 수 있다.

## † 교토 도지의 오중탑 포토 존을 찾은 비결

일본의 오미야게 과자 문화와 산업을 소개하는 《프라하의 도쿄 바나나》라는 책을 쓸 때 현장 취재를 하러 일본에 간 적이 있다. 책에 들어가는 사진도 내가 직접 찍었는데, 내용상 각 도시의 개성이 물씬 묻어나올 만한 랜드마크들의 사진이 필요했다. 가령 교토에서는 고도古都의 고풍스러운 분위기가, 도쿄에서는 세련된 대도시 느낌이 나는 한 컷을 담아야 했다. 이를 위해 앞서 설명한 방식을 동원해 최적의 촬영 장소를 미리 정해놓고 찾아다녔다.

교토 사진에서 특별히 신경 쓴 건 불교 사찰의 목탑이다. 목탑이야말로 교토의 도시 이미지를 가장 잘 보여주는 랜드마크라고 생각해서다. 오랜 세월 일본의 수도였던 이 도시에는 유서 깊은 목탑이 여럿 남아 있는데, 그 중 도지東寺와 호칸지法観寺의 오중탑五重塔(일본어로는 고주노토) 사진을 촬영하기로 계획했다. 높이가 55미터에 달하는 도지의 오중탑은 일본에서 가장 높은 목탑이다. 탑은 9세기 말에 처음 건립된 뒤 낙뢰 등의 피해로 네 차례나 소실됐지만 1644년 재건돼 역사적 가치는 충분하다. 호칸지의 오중탑은 야사카 탑八坂塔이라는 별칭으로 더 잘 알려져 있다. 높이 46미터의 야사카 탑은 도지의 오중탑보다 조금 작지만 1440년 재건돼 더 오랜 역사를 자랑한다. 하지만 단지 높이나 설립 연도 때문에 이 두 목탑의 사진을 찍으려고 했던 건 아니다. 책에 싣고 싶을 만큼 사진발이 잘 받는다는 게 더 큰 이유였다.

에펠 탑 기념사진에서도 설명했는데, 탑이나 빌딩처럼 높이 솟은 건축물은 적당히 떨어져 있으면서 지대가 살짝 높은 곳에서 촬영할 때 균형 잡힌 모양새가 나온다. 여행 정보 홈페이지에서 찾은 도지의 오중탑과 호칸지의 야사카 탑 사진이 딱 그랬다.

야사카 탑은 탑 뒤로 이어진 경사로 골목인 야사카도리 위의 특정 지점에서 바라보는 풍경이 가장 근사하다. 구글 맵이 친절하게도 '사진이 잘 나오는 지점Good spot

그 사진의 평계

for pictures'이라고 찍어준 덕분에 어렵지 않게 찾아갈 수 있었다. 이 탑은 조명이 들어올 때 야경이 특히 멋진데, 해질 무렵이 되자 나처럼 미리 알아보고 온 사진가들이 그 좁은 포토 존에 몰려들어 세 시간도 넘게 촬영 경쟁을 벌였다. 지나던 사람들이 카메라 떼를 보고 놀라 두리번 거리다가 해당 지점에서 야사카 탑의 풍경을 보고는 "우와" 하고 감탄하며 스마트폰을 꺼내 사진을 찍고 갈 정도였다.

도지의 오중탑은 사찰 밖 남서쪽 방향에서 남문과 해자까지 함께 나오게 촬영한 사진이 가장 근사했다. 구글에서 도지를 검색할 때 나오는 대표 이미지는 물론이고, 교토 지방정부 홈페이지나 위키피디아의 도지 설명 게시물에도 딱 이 구도의 사진이 나온다. 그런데 도지의 오중탑은 야사카 탑처럼 구글 맵에 포토 존이 따로 표시돼 있지 않았다. 더구나 구도를 뜯어보면 약간 높은 곳에서 찍은 사진인 게 분명한데, 도지 주변은 야사카도리 골목과 달리 평지였다. 하지만 이 의문은 곧 풀렸다. 건축물 위치를 토대로 구글 맵 스트리트 뷰에서 카메라가 있었을 장소를 추정해 따라가보니 육교가 하나 나타났다. 교토에 도착한 뒤 이 육교를 찾아가서 그 위에 올라가 오중

여행의 핑계

탑 사진을 찍었다. 과연 여행 관련 웹사이트에 나와 있는 홍보 사진과 똑같은 구도로 나왔다. 아쉽게도 책에는 야사카 탑 사진만 실리게 됐지만.

## † 세비야 히랄다 탑에 담긴 고군분투의 추억

스페인 세비야의 랜드마크인 히랄다 탑Torre de la Giralda 기념사진도 구글 맵의 도움을 받아 촬영했다.

세비야 대성당의 종탑인 히랄다 탑은 원래 12세기 말 무어인들이 스페인을 지배하던 시대에 이슬람교 사원의 미나레트minaret(이곳에 올라 하루에 다섯 번 기도 시간을 알렸다)로 지어졌다. 이후 세비야를 탈환한 가톨릭 세력이 이슬람의 자취가 남은 미나레트를 없애는 대신 기독교 색깔을 입혀 성당의 종탑으로 개조했다. 그러면서 서로 다른 종교와 문화와 시대가 융합된, 독특하면서도 아름다운 형태의 탑이 완성됐다. 확실히 세비야 여행사진에서 절대로 빼놓을 수 없는 명소다.

그런데 세비야 대성당 내부의 안뜰(파티오 데 로스 나란호스Patio de los Naranjos)이나 히랄다 탑 앞쪽 광장(플라사 비르헨 데 로스 레예스Plaza Virgen de los Reyes)에서는 탑의 온전한 자태를 카메라에 담아내기가 영 어렵다. 탑의 높이가 100미터가 넘기 때문이다. 사람이 들어간 기념사진이든 풍경 사진이든 탑을 한껏 올려다보면서 찍어야 하니 균형이 뒤틀린다. 더구나 탑 주변에서 촬영한 사진에는 높이 때문에 꼭대기 위의 히랄디요 상이 잘 보이지 않는다. 설명을 보태자면, 스페인어로 히랄다giralda는 풍향계라는 뜻인데, 그래서 종루 꼭대기에 풍향계 겸 종교적 장식물로 올린 동상에 히랄디요Giraldillo라는 이름이 붙여졌다. 임신한 여전사의 모습을 한 히랄디요는 이슬람을 무찌른 가톨릭의 승리를 상징한디고 한다. 말하자면 탑의 주인공이 바로 히랄디요인 셈이다.

아내와 나는 구글에서 세비야 대성당을 검색할 때 나오는 대표 이미지와 똑같은 구도로 기념사진을 찍고 싶었다. 대성당의 돔 지붕과 건물을 둘러싼 고딕 양식의 뾰족한 피너클pinnacle, 그리고 히랄디요 상이 전신을 드러내며 우뚝 서 있는 히랄다 탑, 이 모든 것이 조화롭게 어울린 사진이었다. 탑 주변에서는 절대로 잡히지 않는 구도라서 구글 맵 스트리트 뷰로 대성당 주변의 지형지물 사진을 샅샅이 뒤졌다. 그러다가 세바야의 또 다른 명소인 알카사르Alcázar의 정문(사자문Puerta del León) 근처 기념품 가게 앞이 바로 그 포토 존이라는 사실을 알게 됐다.

구글 맵에 해당 지점을 표시해둔 뒤, 우리는 알카사르에 입장하기 전에 그곳부터 찾아가 삼각대를 설치하고 세비야 여행 기념사진을 남겼다. 요즘도 그 사진을 보면 최적의 포토 존을 탐색한다며 고군분투하던 게 떠올라서인지 추억이 남다르다. 사진 속 두 사람의 표정이 행복한 건, 물론 여행이 즐거웠던 이유가 가장 크겠지만 계획대로 인증 샷을 건졌다는 만족감 역시 한몫했던 게 아닌가 싶다. 역시 여행에서 남는 건 사진이다.

- 관광객이 다니지 않는 새벽 시간대에 찾아가서,

  인파에 치이지 않고 한가로이 기념사진을 찍는다.

— 새벽 시간에는 누군가 삼각대를 채갈 위험도 적어, 맘껏 삼각대를

  활용할 수 있다.

— 트레비 분수처럼 새벽에는 제 모습을 보여주지 않는 곳도 있으니 미리

  개장 시간 등을 체크해둔다.

- 휴대폰이든 카메라든 낯선 이의 손에 나의 소중한 촬영 기기를

  가급적 맡기지 않는다. 사진 찍어주는 척하다가 그걸 들고

  도주할 우려가 있기 때문이다.

- '대포 카메라'처럼 소위 '장비 빨'이 돋보이는 프로가 주변에 보인다면,

  그 사람에겐 카메라를 맡겨 사진 촬영을 부탁해도 좋다.

  무거운 카메라 장비를 들고 있으니 도주의 가능성이 거의 없을뿐더러,

  프로들은 남의 사진을 찍어줄 때도 프로 정신을 발휘하기 때문에

  근사한 사진을 건질 수 있다.

- 시간이 허락한다면 같은 공간을 서로 다른 시간대에 가보기도 한다.

— 상점가의 경우, 새벽에 관광객이 없을 때는 사진을 찍고, 한낮이나 저녁엔

  가게들을 구경하는 재미로 다녀본다.

— 일몰로 유명한 곳의 경우, 새벽에 일출의 광경을 보고 사진에 담아봐도 좋다.

- 열기구에서 본 일출이 아름답더라도 고소공포증이 있다면 비슷한 느낌을 줄 수 있는 곳을 찾아봐야 하듯이, 꼭 유명한 곳이 아니더라도 차선책이 대안이 될 수 있다.

- 스마트폰의 고장, 분실, 혹은 인터넷이 안 되는 상황 등을 대비해, 구글 맵으로 미리 경로나 교통편 같은 정보, 그리고 포토 존을 검색해 화면을 캡처한 뒤 일정에 맞춰 순서대로 쭉 나열한 PPT 파일을 가지고 다닌다.

- 구글 맵을 탐색하기 전에 우선 여행지의 관광청이나 지방정부에서 운영하는 관광 홍보 홈페이지, 여행사 홈페이지, 또는 각 랜드마크의 공식 홈페이지에 들어가 마음에 드는 사진을 고른다.
— 구글 맵 스트리트 뷰를 활용해, 여행사진이 가장 잘 나오는 최적의 장소를 미리 찾아놓는다.
— 개인이 구글 맵에 등록시킨 사진이나 동영상의 촬영 지점을 보여주는 포토 스피어나 포토 패스 같은 기능도 활용한다.

그 사진의 핑계

강
아
지
핑
계

이런저런 방법을 동원한들 개와 함께하는 여행은
어쩔 수 없이 불편하다. 그래도 떠나야 한다.
우리는 가족이며, 가족 모두가 함께하는 여행에서만
느낄 수 있는 행복이 있으니까.

## 달라진 가족, 예상 밖의 가족여행

일본의 이동통신사 소프트뱅크가 2007년부터 내보낸 TV 광고 시리즈에는 '예상 밖의 가족'(1편의 제목이자 시리즈의 슬로건이기도 하다)이 등장한다. 아버지는 하얀 개, 어머니와 딸은 일본인, 아들은 흑인으로 구성된 4인 가족이다. 엄격하면서도 마음이 따뜻한 아버지 역할로 사람이 아닌 개가 등장한 건 정말 '예상 밖'이어서 엄청난 반향을 불러일으켰다.

이를 두고 일본 우익들은 한국계 출신인 손 마사요시 소프트뱅크그룹 회장이 일본인을 모욕할 의도로 설정한 반일 선동이라며 억지를 부리기도 했다. 한국 욕설에 개가 자주 나온다는 게 그들이 제시한 논거다. 그런데 실은 가족 구성원에 대한 고정관념을 뒤엎은 이 별난 콘셉트는 전적으로 일본인 광고 제작자의 아이디어에서 탄생했다. 그가 현지 언론과의 인터뷰에서 밝힌 '개=아버지' 캐스팅의 진짜 이유는 의외로 단순했다. 우선 자신이 어렸을 적부터 개를 무척 좋아했다는 것. 그러면서 다음과 같은 설명을 덧붙였다.

"개들을 보고 있으면, (나에게) 잔소리를 늘어놓기도 하고, 고민을 들어주기도 한다는 기분이 들어요. 아버지가 개라면 좋지 않을까, 라고 생각했죠."

"아버지가 개라면"이라는 상상은 너무 나간 듯도 하네, 아무튼 개도 어엿한 가족 구성원이라는 광고 콘셉트에는 충분히 공감한다. 반려동물을 사랑으로 키우고 있는 사람들은 대부분 그럴 것이다. 외로울 때 곁에 있으면 위로가 되고, 행복한 순간은 나누고 싶은 게 가족이다. 사람이든 동물이든 한 지붕 아래 엉겨서 정붙이고 살다 보면 어느새 가족이 된다. 뭐 하나라도 챙겨주고 싶고, 좋은 곳에 한 번이라도 더 데려가고 싶은 게 가족이다.

† 새로 들어온 가족

우리 부부와 함께 살고 있는 미니어처 푸들 신통이가

바로 그런 존재다. 개냐 사람이냐 따질 것 없이, 그냥 사랑스럽고 소중한 가족이다. 2015년 신통이를 가족으로 입양한 뒤 우리 가족의 생활은 많은 부분에서 달라졌다. 심리적으로야 훨씬 행복해졌지만, 물리적으로는 불편해진 게 꽤 많은 것도 사실이다. 새로운 가족 구성원을 키우고 함께 사는 일이니 당연하다. 더구나 개는 인간과 다른 종의 생물이니까 더 그러하다. 개도 사람과 동거하기 위해 나름 열심히 적응하겠지만, 개의 특성을 고려해 사람 입장에서 신경 써야 할 점이 세세하게 참 많다.

감내해야 한다. 강아지가 우리 가족이 되겠다고 선택한 게 아니라, 우리가 일방적으로 원해서 강아지를 데려와 가족을 꾸린 것이니까. 반려인인 우리에겐 강아지가 행복한 삶을 누리다 곁을 떠날 때까지 최선을 다해 보살펴야 할 의무가 있다.

나의 삶에서, 그리고 우리 부부의 삶에서 여행은 큰 비중을 차지한다. 그런데 강아지가 가족이 된 뒤로는 여행의 양상이 크게 달라질 수밖에 없었다. 혼자서, 혹은 성인 두 명이 함께 다니던 여행에 사람도 아닌 개가 추가됐으니 당연하다. 우선 국외여행 대신 국내여행을 자주 다니게 됐다. 국내에서도 장거리 여행보다는 단거리 여행을 선호한다. 주로 당일치기 여행을 다니는 등 기간도 짧아졌다.

주인을 향한 애착은 푸들의 견종 특성이라지만, 신통이는 아내와 나에게 병적으로 집착했다. 잘 때도 꼭 아내와 나 사이를 비집고 들어와 팔베개를 베고 잔다. 어렸을 적엔 아예 집 안에서조차 아내나 내 몸에서 떨어지려 하지 않았다. 버릇 나빠진다며 안아주지 않고 떼어놓으면 사람 발등 위에 자기 몸을 뉘는 등 갖은 수를 써서 어떻게든 밀착했다. 개선해보려고 이런저런 노력을 해봤지만 소용없었다. 입양한 지 얼마 되지 않았을 때, 강아지들도 자신만의 공간이 필요하다고 해서 꽤 비싼 돈을 들여 넉넉한 크기의 개집을 마련해준 적이 있다. 기대와 달리 신통이는 단 한 번도 거기 들어가 앉아본 적이 없다. 개집 안에 간식을 둬서 공간을 좋아하도록 만드는 훈련을 오랜 기간 반복했지만 결국 실패했다. 늘 얌체처럼 간식만 날름 입에 물고 나와서는 아내와 내 곁에 몸을 붙이고 먹었다.

이렇다보니 행여 혼자 남겨두기라도 하면 심한 분리 불안 증세를 나타낸다. 짖거나 하울링을 하는 정도가 아니라, 발, 배, 생식기, 항문 주위를 끊임없이 씹으면서 상처가 날 정도로 자해를 한다. 아직 어린 강아지일 때엔 다른 사람 손에 맡기고 해외여행을 다녀온 적이 몇 번 있었다. 자꾸 반복되면 나아지려니 했는데, 그때마다 피부병이 생겨 한참 동안 병원을 다녀야 했다. 가족과 떨어지는 게 신통이에겐 견딜 수 없는 스트레스 요인이라 정신질환에 걸린 것처럼 자기 몸을 계속 씹고 뜯어 피부를 망가뜨린 것이다. 그러면서 점차 강아지를 한국에 남겨두고 우리 부부만 외국에 나가 오랜 기간 여행을 즐기는 건 자제하게 됐다. 둘 중 한 사람은 남아서 신통이를 돌보거나, 같이 출국할 경우엔 여행 일정을 짧게 잡았다.

마음 같아선 강아지도 함께 외국에 데려가고 싶지만, 그러려면 현실적으로 어려운 점이 너무 많다. 우선 우리 강아지는 몸집이 제법 크다. 항공사마다 차이는 있으나 기내 반입이 허용되는 케이지의 규격이 대체적으로 신통이에겐 너무 작다. 그렇다고 화물칸에 위탁할 수도 없다. 가뜩이나 분리불안 증세가 심한 강아지에게 그런 환경은 생지옥이나 다름없을 것이다. 낯선 외국 공항에서 치러야 하는 검역 절차도 보통 일이 아니다.

그러다보니 자연스레 우리 가족의 여행은 신통이를 동반한 국내여행으로 바뀌었다. 국내라고 해서 강아지와 다니기에 결코 만만한 건 아니지만, 그래도 나름 열심히 돌아다녔다.

신통이는 한 살이 되기도 전에 한국의 바다 삼면을 섭렵했다. 낯선 여행지에 도착해 호기심 가득한 눈빛으로 주변을 둘러보며 혀끼지 내밀고 뛰어다니는 강아지를 보고 있으면 자꾸 여행을 떠날 수밖에 없다.

신통이와 함께 다니는 가족여행을 더 의미 있게 추억해보고 싶어서, 나에겐 그림을 그리는 취미까지 생겼다. 예상 밖의 가족여행 덕분에 생긴 예상 밖의 취미다. 미술을 전공하지도 않았고 제대로 배운 적도 없으니 실력이야 아마추어 수준이다. 그래도 세상에 하나뿐인 나만의 여행 스케치를 할 때면 행복했던 순간들이 더 생생하게 떠올라 흐뭇해진다.

여행의 핑계

# 개의 기질과 취향에 맞춘 여행 찾기

## † 저마다 다른 개의 특성을 존중하기

2021년 국제 학술지 《응용동물행동과학Applied Animal Behaviour Science》에 흥미로운 내용의 연구 논문이 게재됐다. '개는 오른앞발잡이와 왼앞발잡이 중 어느 쪽이 더 많을까'라는 주제였다. 영국 링컨대 연구팀은 1만 7,901마리의 개를 조사한 결과, 74퍼센트가 한쪽 앞발을 주로 사용했으며 26피센트는 양앞발잡이였다고 발표했다. 한쪽 앞발을 사용한 개들 중에선 58.3퍼센트가 오른앞발잡이, 41.7퍼센트가 왼앞발잡이로 나타났다. 인간의 경우 오른손잡이 비율이 89퍼센트(왼손잡이와 양손잡이는 각각 10퍼센트와 1퍼센트) 수준으로 편중된 점과 비교하면 개들은 왼앞발이나 양앞발을 쓰는 경우가 무척 많은 것이다. 성별로도 차이가 드러났는데, 오른앞발잡이와 왼앞발잡이 비율이 암컷은 60.7퍼센트와 39.3퍼센트인 반면, 수컷은 43.9퍼센트와 56.1퍼센트로 왼앞발잡이가 더 많았다. 연구진은 성호르몬이 왼쪽과 오른쪽 기질을 정하는 데 영향을 끼친다고 봤다.

우리 강아지는 수컷이라 그런지 왼앞발잡이다. 바닥에 굴리면 간식이 나오는 장난감을 가지고 노는 모습에서 확실히 알 수 있다. 주로 왼앞발을 뻗어 휘두른다. 오른앞발도 사용하지만 빈도가 훨씬 낮고 휘두르는 힘도 왼쪽에 비해 약하다. 네 발로 다니는 동물이니까 오른앞발과 왼앞발을 가릴까 싶지만 인간과 마찬가지로 더 편한 쪽이 정해진 경우가 제법 많은 것이다. 아무튼 결국 하고 싶은 얘기는, 개도 사람처럼 각자 타고난 기질이나 취향이 뚜렷하고 다양하다는 것이다.

## † 더위는 많이 타지만 추위는 즐긴다

개는 더위를 많이 탄다. 개의 평균 체온은 섭씨 38.5~39.5도로, 사람보다 2~3도는 높기 때문이다. 우리 강아지만 봐도 여름 나기를 무척 힘들어한다. 날씨가 덥고 습해지면 산책을 하러 나가는 것조차 꺼린다. 발에 닿는 지면의 열기가 뜨거워서 그러나 싶어, 지면이 좀 식은 새벽이나 밤에 산책을 해도 자꾸 집에 가자며 보챈다. 마지못해 따라다니는 듯 발걸음이 무겁다. 표정도 시큰둥하다. 돌아다니다가 집 근처를 지날 때면 자기는 들어가겠다면서 현관문 쪽으로 가버리기까지 한다.

그런데 추위에는 강하다. 아니, 추운 날씨를 즐긴다. 여름이 지나 가을이 깊어지고 공기가 쌀쌀해질 때, 찬바람이 훅 불어올 때 산책을 나가면 신이 난 어린아이처럼 걷는 속도가 빨라진다. 콧구멍을 연신 벌름거리며 달라진 공기 냄새를 맡고 앞장서서 아주 먼 곳까지 잘도 쏘다닌다. 기온이 영하로 내려가는 한겨울엔 더 즐거워한다. 섭씨 영하 10도의 추위에도 벌벌 떠는 모습을 본 적이 없다. 푸들은 보통 추위에 약한 견종으로 알려져 있는데 기질이 남다른 것이다.

신통이는 털의 양이 다른 푸들보다 훨씬 많다. 강아지 미용은 일반적으로 몸무게를 기준으로 비용이 정해지지만, 우리 강아지는 몸무게 기준 비용에 더해 늘 추가 비용을 지불해야 한다. 털의 양이 넘쳐서 비슷한 체격의 다른 개들보다 미용 시간이 더 걸리기 때문이다. 털이 얼마나 촘촘하게 나 있는지 속살이 좀처럼 드러나지 않아, 매달 심장사상충 약을 피부에 바를 때마다 여간 애를 먹는게 아니다. 이렇듯 털이 유난히 많은 게 추운 날씨를 선호하고 더위를 꺼리는 데 영향을 끼치는 듯하다.

## † 다른 동물에게 배타적인 우리 강아지

우리 강아지는 사람을 무척 좋아하는 반면, 다른 동물은 극도로 싫어한다. 낯선 사람에게는 스스럼없이 다가가서 금세 애교를 부리지만, 산책 중에 개, 고양이, 비둘기 등 다른 동물과 마주치면 맹렬하게 짖으며 경계한다. 이게 참 미스터리다. 신통이가 태어난 집에는 엄마 개와 형제 개들을 포함해 다른 개들이 다섯 마리나 있었다. 입양되기 전까지 10주 동안 개들과 어울려 산 것이다. 그런데도 이런 기질을 보인다. 사회화 교육의 문제인가 싶어, 어렸을 때 반려견 놀이터 등 개들이 많은 곳에 자주 데려가기도 했으나 전혀 나아지지 않았다.

한번은 이런 적도 있다. 반려견 동반 카페에 갔는데, 옆 테이블에 앉은 젊은 여성들이 자신들이 데려온 강아지를 다른 개들과 어울려 놀다 오라며 바닥에 내려놓았다. 그 강아지가 그들의 품에서 벗어나자 신통이가 쏜살같이 그쪽으로 가서는 꼬리를 치며 안아달라고 애교를 부렸다. (목소리나 반응의 차이 때문인지는 모르겠는데 사람 중에서도 남자보다 여자, 특히 젊은 여성을 훨씬 좋아한다.) 결국 그 일행이 "귀엽다"면서 무릎 위에 앉혀놓고 쓰다듬었다. 그러다가 다른 개들과 어울려 놀던 그들의 개가 돌아왔다. 그러자 누나들의 무릎 위에 얌전히 앉아 있던 신통이가 그 개를 향해 무섭게 짖어댔다. 그들의 반려견이 겁을 먹고 멀찌감치 도망칠 정도로 난리를 치는 통에 얼른 뛰어가서 데려왔는데 미안하고 민망해서 혼났다.

맞닥뜨릴 때만 그런 게 아니라, TV에 돼지, 말, 소 등 네 발 달린 동물이나 새가 나오는 장면을 봐도 으르렁거리면서 짖는다. 말을 할 수 없으니 강아지의 심리를 정확히 알 길이야 없지만, 내 생각엔 타고난 질투심 때문인 것 같다. 두 발로 걷는 인간은 자기에게 사랑을 주는 고마운 존재이고, 인간과 생김새가 다른 모든 동물은 인간의 사랑을 나눠 가져야 하는 경쟁 상대로 인식해 미워하는 게 아닐까 싶다.


† 산책 취향


개의 행동을 유심히 관찰하면 이와 같은 기질적 특성뿐 아니라 취향도 알 수 있다. 산책을 예로 들면, 호기심이 많은 우리 강아지는 익숙한 동네보다 평소 잘 다니지 않거나 처음 가보는 낯선 장소를 훨씬 좋아한다. 집에서 외출 준비를 할 때부터, 집 주변을 산책하러 나가는 것과 차를 타고 멀리 나가는 걸 용케도 구분한다. 아무래도 동네에선 후줄근하게 다니는 아내나 내가 옷차림이나 머리 손질 등에 더 신경 쓰는 모습을 알아채는 듯하다. 집 근처가 아닌 곳에 도착하면 눈빛이 초롱초롱해지고 혀를 살짝 내민 채 입을 벌리고는 웃는다. 발걸음도 한결 가볍다.

큰길보다 좁은 샛길을 좋아하는 점도 흥미롭다. 쭉 뻗은 대로를 걷다가 옆으로 작은 샛길이 나타나면 꼭 방향을 틀어 그쪽으로 빠지려 한다. 또, 굽이지거나 미로처럼 여러 갈래로 나뉜 복잡한 길을, 평지보다는 경사진 오르막길이나 계단(역시 올라가는 쪽)을 좋아한다. 주변에 계단이 있으면 무조건 올라가보려고 한다.

엘리베이터 타는 것도 즐긴다. 육교에 설치된 엘리베이터를 볼 때마다 그 앞으로 달려가서 태워달라고 조른다. 그 안에 들어갔다가 문이 열리면 전혀 다른 풍경이 눈앞에 펼쳐지는 게 재밌나보다. 호기심과 모험심이 남달라 이런 취향이 생긴 것 같다. 이처럼 길을 걸을 때엔 옆으로 새거나 높은 곳에 올라가는 걸 좋아하다가도, 광장이나 백사장처럼 주변이 탁 트인 넓은 공간이 나오면

강아지 핑계

유쾌하게 냅다 내달린다.

## † 모두가 즐거운 여행 만들기

신통이의 이런 기질과 취향은 나와 아내가 가족여행의 시기와 장소를 정하는 새 기준이 됐다. 우선, 계절은 더운 여름을 피해 선선한 봄과 가을, 추운 겨울에 주로 떠난다. 다른 개들이 많이 몰리는 곳, 혹은 그런 시간대는 피해 다닌다. 우리 개가 동족을 극도로 싫어하니 어쩔 수 없다. 우리 개의 신책 취향을 맞춰주기 위해 길이 복잡하거나 경사진 곳, 계단이 많거나 아니면 마음껏 달릴 수 있는 드넓은 장소가 갖춰진 여행지를 찾아다닌다.

당연한 얘기지만, 사람과 개는 기질과 취향이 다르니 선호하는 여행 스타일에도 서로 차이가 있다. 나에겐 환상 같은 여행이 반려견에겐 자칫 끔찍한 악몽으로 남을 수도 있는 것이다. 반대의 경우도 마찬가지다. 이와 관련해선 노벨문학상 수상 작가 존 스타인벡의 여행기 《찰리와 함께한 여행: 미국을 찾아서Travels with Charley: In Search of America》(Penguin, 1962. 국내에서도 《찰리와 함께한 여행》(궁리, 2006)으로 출간됐지만 현재 절판 상태)에 주목할 만한 대목이 있다. 그는 반려견 찰리와 캠핑카로 미국 전역을 여행하던 중 위스콘신 주에 머문 적이 있는데, 거기서 경험하고 깨달은 바를 다음과 같이 적었다.

그날 밤은, 트럭 운전수들에겐 아지트처럼 익숙하지만 나에겐 별스런 장소였던 언덕 위에서 지냈다. 거대한 소 운반 트럭들이 휴식을 취하며 화물칸에 묻은 소들의 분변을 닦아내는 곳이었다. 소똥이 산더미처럼 쌓여 있고 그 위로는 파리들이 구름 떼처럼 모여 있었다. 찰리는 웃는 얼굴로 킁킁거리며 정신없이 돌아다녔다. 꼭 프랑스 향수 가게에 들어간 미국 여자 같았다. 나는 찰리의 그런 취향을 감히 뭐라 할 수 없다. 이걸 좋아하는 사람이 있는가 하면, 또 누군가는 저걸 좋아하게 마련이다.

다름을 받아들여야 한다. 그리고 적당한 선에서 타협해야 한다.

반려인과 반려견이 모두 즐거운 가족여행을 추구하는 건 중요하다. 하지만 아무래도 사람이 개를 돌봐야 하는 비중이 크기 때문에 신통이를 더 배려해야 하는 건 어쩔 수 없다. 또한, 냄새 지독한 소똥에 환장하는 개를 보며 기겁하면서도 그 취향을 인정한 스타인벡처럼 다름을 받아들여야 한다. 뭐, 사실 그렇게 어렵지도 않다. 함께 여행 가서 강아지가 신나게 뛰노는 모습만 봐도 아내와 나는 덩달아 행복해지니 괜찮다.

## 신통이와 바다 여행

† 남해의 푸른 바다보다
산책로 질주에 신나한 신통이

신통이가 생후 10개월이 막 지난 봄날이었다. 당시 나는 직장 생활을 하고 있었는데, 그즈음 상여금이 나온 데다 때마침 회사 창립기념일 휴가까지 얻어 2박 3일짜리 가족여행을 떠나기로 했다. 어디로 갈지 고민하다가 경상남도 남해군을 여행지로 선택했다. 남해군의 전망 좋은 바닷가에 반려견 동반 숙박이 가능한 호텔이 있다고 해서 그곳으로 정했다. 모처럼 생긴 상여금과 휴가이니 '호캉스'를 누리고 싶었던 것이다. 요즘엔 반려견과 함께 투숙할 수 있는 호텔들이 한국에서도 꽤 늘어났지만 그때만 해도 극히 드물어 선택의 여지가 별로 없었다.

그렇게 여행지를 정하고 숙소 예약까지 마쳤는데 막상 떠나려니 걱정이 앞섰다. 태어난 지 겨우 10개월밖에 안 된 어린 강아지를 장시간 차에 태워 멀고 먼 남해까지 다녀오는 건 쉽지 않은 여정일 듯했다. 그래서 내려가는 길에 휴게소를 자주 들러, 사람들이 없는 공터에서 걷게 하고 충분히 쉬게 하고 배변도 시켰다. 차 안에선 미리 준비해 간 물을 자주 먹이거나 창문을 자주 열어주는 등 컨디션 유지에 각별히 신경 썼다. 그래서 내비게이션이 알려준 것보다 훨씬 더 오랜 시간이 걸렸다. 그래도 쉬엄쉬엄 이동해서인지 멀미도 하지 않고 무탈하게 목적지에 도착했다. 강아지도 여행 온 것을 아는 건지, 차를 오래 타서 피곤할 만도 한데 호텔 야외주차장에 내리자마자 껑충껑충 뛰어다녀 우리는 한시름 놓았다.

신통이와 마찬가지로 나도 남해는 초행길이었다. 맑고 푸르른 바다, 동글동글한 섬들, 파스텔화처럼 아련한 초봄의 산, 유채꽃으로 뒤덮인 샛노란 들녘까지, 남해의 풍광은 가는 곳마다 감탄이 절로 나왔다. 다랭이마을의 계단식 논이나 두모마을의 유채꽃밭 같은 명소들도 좋았지만, 해안도로를 드라이브하면서 보는 섬과 바다만으로도 눈이 즐거웠다. 직접 가보니 이 일대가 괜히 한려해상국립공원으로 지정된 게 아니라는 걸 확실히 알 수 있었다.

이처럼 아내와 나는 시각 위주로 남해를 즐겼는데, 강아지의 여행 취향은 사람과는 사뭇 달랐다. 남해에 있는 동안 신통이가 가장 신나게 놀았던 곳은 다름 아닌 호텔의 바닷가 산책로였다. 거센 바닷바람을 타고 날아오는 낯선 냄새를 맡느라 연신 코를 킁킁거렸다. 해안절벽에 설치된 나무 데크 계단과 경사로에선 눈빛을 반짝거리며 질주했다. 우리는 야외에서 목줄을 풀어 주지 않기 때문에 함께 숨차도록 달려야 했다. 또, 산책로 한편엔 바다에 띄운 작은 부교가 있었는데 흔들리는 느낌이 신기한지 겁도 없이 그 위에 올라가 한참을 놀았다.

처음 가본 바닷가를 워낙 좋아해서 남해의 두곡해수욕장도 데려갔다. 몽돌 해변인 이곳엔 해안선을 따라 활처럼 휘어 길게 조성한 해변길이 마련돼 있다. 바다 근처에는 반려견 출입이 금지돼 있으나 이 길을 오가는 건 허용된다. 우리 강아지는 제 세상 만난 듯 해변길 위를 정신없이 휘젓고 다녔다.

이렇게 행복했던 남해 여행이지만, 그 후로는 다시 간

적이 없다. 남해는 풍경은 멋지지만 반려견 출입을 금지한 곳이 의외로 많았다. 더구나 수도권에서 가기엔 너무 먼 지역이라 고되기도 했다. 떠날 때는 마음이 설레니까 별로 힘든 줄 몰랐는데, 돌아올 때가 문제였다. 신통이의 컨디션을 고려해 귀경길에도 휴식을 자주 취한 데다 길까지 막히는 바람에 밤늦게야 돌아왔다. 가뜩이나 졸린데 저녁 식사도 거른 채 한밤중에 강아지를 씻기고 털을 말리느라 온 가족이 힘들었다.

† 서해안 바닷가에서의 안 좋은 추억과 교훈

남해에 다녀온 지 얼마 되지 않아서 가까운 서해안에도 데려가봤다. 경기도의 한 바닷가를 당일치기로 한 번, 충청남도 태안의 안면도를 1박 2일 여행으로 또 한 번 다녀왔다.

백사장이 넓고 쾌적한 안면도는 괜찮았는데, 시커먼 갯벌이 펼쳐진 경기도의 어느 바닷가에 다녀온 건 두고두고 후회했다. 해변에 도착했을 때부터 기분이 나빴다. 담배꽁초, 음식 찌꺼기며 모래 속에 꽂아놓은 채 버리고 간 폭죽 잔해까지 온통 쓰레기 천지였다. 살다 살다 그럴

강아지 핑계

게 더러운 바닷가는 본 적이 없다. 피서객이 몰리는 휴가철도 아닌데 왜 쓰레기가 넘치는지 참 이상했다. 돗자리를 깔고 귀가 멍멍할 정도로 떠들썩하게 술판을 벌이면서 아무 데나 침 뱉고 담배꽁초를 던지는 외국인 방문객들의 추태도 눈살을 찌푸리게 했다.

그래도 기왕 여기까지 왔으니 펄은 밟아보자며 쓰레기를 요리조리 피해 들어갔다. 하지만 우리 강아지는 털에 무겁게 달라붙는 펄의 끈덕진 촉감이 싫은지 제자리에 멈춰 서서 움직이지 않으려 했다. 결국 지저분한 얼룩만 잔뜩 남기고 10분도 채 되지 않아서 탈출하듯 황급히 빠져나왔다.

거기서 끝난 게 아니다. 그 해수욕장을 다녀온 직후 신통이 발에 빨갛게 습진이 생겼다. 가려운지 발로 몸을 긁어대더니 곧 배, 허벅지 등 다른 부위로 피부병이 번지고 결막염까지 앓은 탓에 한동안 병원 치료를 받아야 했다. 상황 설명을 들은 수의사는 축축한 펄에 있던 온갖 세균이 원인이라고 설명했다. 현장에서 곧바로 깨끗이 씻어내야 했는데, 집에 데려와 목욕시킬 때까지 털에 뭉친 채 눅눅한 피부 속까지 달라붙은 펄의 각종 세균이 문제를 일으킨 것이다. 다 자란 대형견이라면 모를까, 소형견의 어린 강아지들은 피부가 연약해서 갯벌 같은 곳에 함부로 들어가선 안 된단다. 서투른 반려인이었던 우리의 실수다.

## † 바다 여행에서 체크해야 할 것들

그 후 바다 여행지는 줄곧 동해안을 선택했다. 양양, 강릉 등 영동 지역 해안가를 돌아가면서 찾아갔다. 동해안은 바닷물이 맑고 해변이 깨끗하게 정돈돼 눈도 마음도 시원해진다. 백사장이 넓은 데다 모래 입자도 고와서 강아지가 뛰어놀기 안성맞춤이다.

물론 신통이가 좋아한다고 아무 때나 해변에 갈 수 있는 건 아니다. 한국에서 유일한 반려견 전용 해수욕장인 양양의 멍비치를 제외하곤, 여름 해수욕장 개장 기간엔 입장 불가다. 대신 해수욕 시즌이 아닌 봄, 가을, 겨울에는 입수만 금지되고 백사장까지는 출입 가능한 곳들이 꽤 있다. 어차피 우리는 더위를 심하게 타는 신통이의 건강을 고려해 여름엔 아예 여행을 다니지 않으니까 상관없긴 하다. 하지만 여름 휴가철 이외의 시기에도 각 지자체나 해수욕장별로 운영 방식이 다르기 때문에 반드시 확인해야 한다. 가령 같은 영동 지역 내에서도 양양과 강릉에는 강아지 동반이 가능한 해변이 있지만, 속초는 일년 내내 모든 해수욕장의 반려동물 출입을 금지한다.

아, 또 중요한 사실 한 가지는, 반드시 목줄을 착용시켜야 한다. 백사장에서 마음껏 뛰놀라고 풀어줘서는 절대 안 된다. 개는 전동 킥보드에 올라탄 세 살짜리 아이나 다름없다. 언제 어디로 튈지 모르니 늘 사고의 위험을 안고 있다. 사람 아이의 경우에도 실외에서는 보호자가 아이들의 손을 꼭 잡고 다니는 것처럼, 개도 반려인의 몸과 항상 단단히 이어져 있어야 한다. 개를 싫어하거나 무서워하는 다른 사람들을 배려하기 위해서라도 필요하다. 아울러 백사장을 비롯해 바닷가의 모든 장소에서 반려인이 반려견의 분변을 치워야 하는 건 당연한 에티켓이다. 이건 바닷가뿐 아니라 산을 포함해 모든 실외에서 의무적으로 지켜야 한다. 특히 산에 가면 분변은 거름이 된다고 오해해 방치하는 이들이 적지 않은데, 전혀 아니다. 대부분은 빗물에 씻겨 결국 강이나 바다로 흘러들어가 수질 오염의 원인이 된다. 그러니 반드시 배변 봉투에 담고 하산한 뒤 직접 처리해야 한다.

덧붙이자면, 바다 여행을 갔을 때 개의 건강을 위해서

꼭 알아둬야 할 점이 있다. 바닷물에 발을 담그든, 백사장 위를 산책하든, 해변에 다녀온 뒤엔 개의 발을 깨끗이 씻겨야 한다. 수영을 하거나 뛰는 등 격하게 놀았다면 목욕시키는 편이 좋다. 발바닥에 묻거나 털 사이에 낀 소금기와 각종 미생물이 피부병의 원인이 되기 때문이다. 특히 눈 주위나 귓속을 잘 닦아내야 한다. 백사장에선 모래를 삼키거나 흡입하지 않게 관리하는 것도 중요하다. 또한, 뙤약볕이 내리쬐는 한낮의 백사장은 뜨거워서 발바닥 화상을 일으키니 온도에 주의를 기울여야 한다.

† 양양과 강릉으로 바다 여행

이런 점들을 엄수하고 염두에 두면서, 우리 가족이 즐겨 찾는 곳이 양양과 강릉이다. 특히 사근진해변과 경포해변, 강문해변을 거쳐 안목해변까지 이어지는 강릉의 백사장은 꼭 들른다. 이곳에는 해변을 따라 나무 데크 산책로가 길게 이어져 있다. 부드러운 모래 위에서 실컷 뛰어놀다가 발빠짐이 피곤해지면 이 산책로 위에서 파도 소리를 감상하며 찬찬히 걸어도 된다. 계단과 경사로를 좋아하는 신통이는 강문솟대다리 위에서 뛰는 걸 특히 좋아한다. 무엇보다 이 해변에는 반려견 동반이 가능한 호텔이나 리조트, 카페, 식당 등 편의시설들이 있어 편하다.

양양의 하조대해수욕장도 자주 간다. 강문해변이나 안목해변은 숙박이나 상업 시설이 몰려 있어 방문객이 늘 많은 편인데, 하조대 쪽은 해수욕장이 폐장한 이후엔 비교적 한산해서 좋다. 특히 백사장의 모래 질만 따진다면 강아지에겐 최고의 놀이터다. 은가루처럼 뽀얀 빛을 띠며 입자가 고운 모래는 사람이 맨발로 밟고 다녀도 기분이 좋을 만큼 부드럽디. 발이 푹푹 빠지지도 않는다. 백사장의 폭이 100미터에 달해 상당히 넓고 모래언덕이 별로 없어서 평탄한 것도 장점이다. 신통이는 하조대해수욕장을 갈 때마다 모래 속 냄새를 실컷 맡다가 환하게 웃는 얼굴로 이리저리 뛰어다닌다. 적당히 울퉁불퉁하면서 널찍한 갯바위도 모험심 강한 우리 강아지의 정복욕(?)을 충족시켜주는 훌륭한 놀이기구다. 그렇게 한참 놀다가 신통이가 지쳤다 싶으면 돗자리와 커다란 장우산을 펴놓고 앉아 동해의 새파란 풍광을 감상하면서 힐링의 휴식 시간을 갖는다.

하조대해수욕장 인근에 자리한 서피비치도 반려견과

가볼 만한 해변이다. 원래 군사보호구역으로 오랫동안 민간인 출입이 금지된 장소였다가 2015년 개방돼 서핑 전용 해변으로 새롭게 단장한 곳이다. 현재 기업이 운영 중인 서피비치는 규모 면에선 작지만 밀짚 파라솔, 해먹, 야외 펍 등 이국적인 구조물과 시설이 가득해 하와이 해변 같은 휴양지 분위기를 물씬 풍긴다. 덕분에 '인스타그램 명소'로 소문이 나서 서퍼뿐 아니라 사진 찍고 구경하려는 관광객이 많이 찾아온다. 무엇보다, 이곳은 여름 휴가철을 비롯해 일 년 내내 반려견 동반 출입이 가능하다. 강아지와 함께 '바캉스 인증 샷'을 남기기엔 이만한 곳이 없다. 야외 펍에서 반려견과 함께 당당하게 식사나 음료를 취식할 수도 있다.


## 작은 여행은 편하고 즐겁다

### † 당일치기 여행의 매력

신통이와 함께 동해안으로 여행을 떠날 때, 초기에는 꼭 하루씩 자고 왔다. 여행이라고 하면 어쩐지 외박을 해야 할 것 같았다. 자고 오지 않으면 여행이 아니라 외출로 느껴졌던 것이다. 하지만 고정관념일 뿐이었다. 반려견을 데리고 숙박하는 건 생각보다 만만한 일이 아니다. 우선 숙소 구하기가 어렵다. 캠핑을 좋아하는 반려인이라면 고민할 게 없겠으나 우리 부부의 여행 취향은 그쪽과는 거리가 멀다. 구경하러 다니느라 다리와 발이 피곤한 건 견딜 수 있지만 잠은 무조건 편한 곳에서 자야 한다. 그래서 반려견과 함께 숙박할 수 있는 펜션이나 리조트나 호텔에서 1박을 하곤 했다.

고급 리조트나 호텔은 시설이 잘 갖춰진 만큼 가격 부담이 크다. 같은 수준의 객실이라도 반려견을 동반하면 숙박비가 배는 비싸진다. 더구나 객실 위치는 시설 내에서 가장 후미지거나 선호도가 떨어지는 곳에 있다. 돈은 돈대로 더 내고 푸대접받는 셈이다. 동해안에서 묵었던 한 리조트는 실내외 가릴 것 없이 관내에선 반려견을 바닥에 절대 내려놓으면 안 된다고 했다. 심지어 고가의 숙박비가 무색하게 객실 바닥에 과자 부스러기가 남아 있는 등 청소 상태는 불량했다.

반려견 펜션은 눈치 보지 않아도 된다는 점에선 편하다. 하지만 신축이거나 바다 전망인 펜션은 꼭 반려견 펜션이 아니어도 호텔이나 리조트 못지않게 숙박비가 무척 비싸고, 당연히 반려견 펜션은 그보다 더 비쌀 수밖에 없다. 반면, 가격이 저렴한 곳은 시설이 낙후되거나 관리 면에서 문제가 있거나 위치가 좋지 않았다. 홈페이지나 블로그 사진에 혹해서 갔다가 실망한 게 한두 번이 아니다. 강릉에서 투숙했던 한 펜션은 겉보기엔 멀끔한데 침구에 머리카락이 꽤 많이 들러붙어 있었다. 찬장 속 컵에는 이전 투숙객이 남기고 간 립스틱 자국이 그대로 묻어 있기도 했다. 연말 성수기에 에어비앤비로 예약하고 간 속초의 어느 반려견 동반 숙박시설은 신축인 데다 가격까지 저렴했는데 욕실 바닥의 물이 안 내려갔다. 하수구가 막힌 게 아니라 바닥 공사가 잘못돼 있었다. 샤워기로 발만 씻어도 찰랑거릴 정도로 물이 차올랐지만 관리인이 따로 없는 곳이라 해결할 방법도 없었다. 그렇게 제대로 씻지도 못해서 기분이 상할 대로 상한 채 서울로 돌아오는 길이었다. 아내가 먼저 얘기를 꺼냈다.

"우리가 동해안에 갈 때마다 잠을 자고 올 필요가 있을까?"

"왜?"

"강아지랑 같이 편하게 자고 쉴 만한 곳 찾기가 너무

힘들잖아. 그냥 새벽에 일찍 나섰다가 오전에 바닷가에서 놀고 오후에 돌아와도 될 것 같아."

듣고보니 그랬다. 2017년 서울양양고속도로가 개통된 이후 양양이나 강릉은 집에서 차로 두 시간 남짓이면 갈 수 있다. 서울과의 거리로만 따지면 서해안보다 훨씬 멀지만 뻥 뚫린 고속도로 덕분에 시간상으로는 오히려 덜 걸린다.

그다음부터 동해안은 당일치기로 다녀오게 됐다. 새벽부터 바지런을 떨어야 하는 게 좀 피곤하긴 해도, 앞 장에서 얘기했듯이 여행사진을 근사하게 찍어보겠다는 핑계로 해가 뜨기도 전에 일정을 시작하는 게 익숙한 여행자들인 우리 부부에겐 큰 문제가 아니다. 오전에 동해 바닷가를 즐기고 포장음식으로 차에서 점심 식사를 간단히 해결한 뒤 곧바로 돌아온다. 보통 오후 네다섯 시면 집에 도착한다. 그 시간이면 강아지를 씻기고 말리는 등 뒷정리를 마치고도 여유롭게 저녁 식사까지 먹을 수 있다. 외박하는 게 아니니 거추장스런 여행 가방도 필요 없다.

강아지 핑계

여행의 시간뿐 아니라 공간 면에서도 달라진 점이 있다. 랜드마크가 있거나 풍경이 멋진 휴양지, 독특하고 이국적인 매력이 있는 낯선 곳만 여행지로 여기던 생각이 바뀐 것이다. 인간이 아닌 개의 입장에서 생각하면 그런 조건들은 별로 중요하지 않다는 걸 깨달았다.

《표준국어대사전》은 '여행'을 '일이나 유람을 목적으로 다른 고장이나 외국에 가는 일'이라고 풀이한다. 여기서 '다른 고장'의 거리적 개념에 대해선 사람마다 주관적이고 상대적으로 해석할 여지가 있다. 하물며 사람과 개의 차이는 더욱 클 것이다. 걸어서 고작 이삼십 분 거리인 옆 동네도 우리 강아지에겐 '다른 고장'으로 인식되지 않을까. 더구나 차를 타고 이삼십 분 걸려 도착하면 펼쳐지는, 평소 산책하던 동네와 다른 낯선 풍경과 냄새, 지면의 촉감은 개들에겐 '유람을 목적으로' 하는 여행지로서의 매력을 충분히 선사해줄 것이다. 그 장소가 인간이 설정한 행정구역상 같은 도시 안에 있을지라도 말이다. 살던 동네가 아닌 곳이기만 하면 거리상 멀든 가깝든 한결같이 폭발적인 호응을 보이는 신통이를 보고 있노라면, 나의 이런 추정은 어느 정도 맞는 것 같다.

그래서 신통이를 데리고 자주 가는 곳이 서울 시내나 근교의 공원들이다. 흙과 나무, 풀과 꽃이 있는 공원에는 후각이 발달한 개를 긍정적으로 자극하는 자연의 냄새가 가득하다. 개들 사이에선 카톡 메시지 같은 소통 수단이라는 다른 개의 분변 냄새도 여기저기 묻어 있다. 다른 개들을 싫어하는 우리 강아지조차 그들이 남기고 간 소변과 대변 냄새 맡는 건 그렇게 좋아한다. 한번 가면 한두 시간 동안 온갖 냄새를 실컷 맡게 하면서 보통 10킬로미터는 너끈히 걷고 뛰다가 돌아온다.

개와 가족을 꾸리기 전에는 시내나 근교의 공원을 여행지라고 생각해본 적도, 공원이라는 장소를 지금처럼 일부러 찾아다닌 적도 없었다. 뉴욕의 센트럴 파크나 런던의 하이드 파크 등 여행지에 있는 유명한 공원을 가보는 정도였다. 하지만 신통이가 늘 가고 싶어하는 공원은 이제 우리 가족에겐 여행에서 빠질 수 없는 장소가 됐다.

그렇다고 모든 공원을 다 똑같이 좋아하는 건 아니다. 한강변의 공원들은 길이 단조롭기 때문인지 처음에만 신나게 다니다가 곧 시큰둥해졌다. 경인아라뱃길 산책로도 별반 다르지 않았다. 경기도 성남의 율동공원에는

강아지 핑계

반려견 놀이터가 마련돼 있어 일부러 찾아갔다. 목줄 풀고 자유롭게 뛰며 다른 개들과 좀 친해지라고 몇 번이나 데려갔는데 역시 반응은 시원찮았다.

많은 공원을 다녀본 결과, 신통이가 유난히 좋아하는 곳이 있다. 서울 성수동에 위치한 서울숲 공원이다. 부지가 워낙 넓고 구석구석 다양한 공간이 마련돼 있는 데다, 구불구불한 작은 샛길이 미로처럼 복잡하게 얽히고 설켜 있어 우리 강아지의 취향에 딱 맞는 곳이다. 드넓은 광장과 부드러운 흙길, 적당한 높이의 계단과 언덕, 구름다리 같은 구조물도 신통이를 흥분시키는 요소들이다. 서울숲 공원은 집에서 차를 타고 삼사십 분이면 갈 수 있으니 요즘 가장 자주 다니는 곳이다. 그래서인지 우리 강아지는 이제 공원 주차장이 가까워지면 귀신같이 알아채고는 벌떡 일어나서 차창 밖을 두리번거리며 빨리 내려달라고 칭얼거린다. 차에서 내리기가 무섭게, 집 근처를 산책할 때와는 달리 눈을 동그랗게 뜨고 혀를 살짝 빼문 채 총총걸음으로 공원을 휘젓고 다닌다. 인적이 드문 습지생태원 쪽에선 전력질주를 하며 스트레스를 풀기도 한다.

서울숲 공원은 반려인에게도 편한 장소다. 근처에 반

려견 동반 입장이 가능한 음식점이나 카페가 여러 곳 있다. 하지만 굳이 그런 곳까지 가지 않아도 괜찮다. 음식이나 음료를 포장해 공원 안에 마련된 야외 테이블이나 벤치에 앉아 취식해도 된다. 분리수거용 쓰레기통도 군데군데 잘 갖춰져 있어 먹고난 뒤에 쓰레기를 처리하기에도 좋다. 주차장도 널찍하며 이용 요금도 저렴한 편이다. 주말엔 서울 시민이 워낙 많이 찾아와서 주차 전쟁이 치열하지만, 아침 일찍 서둘러 가면 여유가 있다.

우리는 무더위가 절정에 달하는 한여름을 제외하곤 이 공원의 사계절을 다 경험했다. 봄에는 꽃이 펴서 예쁘고 겨울엔 잔디가 사라진 덕분에 잔디광장을 신나게 달릴 수 있다. 그래도 우리 가족이 가장 좋아하는 건 늦가을의 서울숲이다. 사람인 아내와 나는 알록달록 곱게 물든 단풍을 구경해서 눈이 즐겁다. 강아지는 그토록 기다리던 찬바람을 쐬며 낙엽 위를 바스락 밟고 다니는 걸 즐거워한다. 이 공원을 다녀올 때마다 행복이란 의외로 가까운 곳, 그리고 소박한 것에 있다는 걸 새삼 실감한다.

가족여행도 그렇다. 행복한 가족여행은 비싼 돈을 들여 도장 찍기를 하듯 가기 힘든 곳을 다녀오는 게 아니다. 여행을 핑계 삼아 특별한 풍경과 사연이 있는 호텔에서 잠을 자보고, 지역의 역사가 녹아든 향토음식을 맛보고, 근사한 랜드마크 앞에서 기념사진을 찍으면, 그게 다 좋은 추억으로 남는다. 무엇보다, 모든 여정을 마치고 집으로 돌아오는 길에 가족이 다 함께 '오늘 갔던 곳 다음에도 또 같이 가야지'라는 생각을 공유하는 게 중요하다. 가족 구성원이 한마음으로 여행을 곱씹으며 매 순간을 그리워하는 게 진짜 가족여행이다.

## 겨울 여행의 핑계

### † 신통이가 우리를 산으로 이끌었다

추운 날씨를 좋아하는 신통이의 취향 덕분에 우리 가족은 한겨울에도 여행을 다니게 됐다. 겨울마다 자주 가는 곳이 있는데, 바로 산이다. 오르막길과 굽이진 길을 모두 갖춘 산은 우리 강아지의 취향을 제대로 저격한다. 게다가 후각이 발달한 개들을 즐겁게 해줄 자연의 온갖 냄새가 가득하다. 산에 갈 때마다 신통이는 테마파크에 놀러온 어린아이처럼 잔뜩 흥분한 표정과 날렵한 몸짓으로 거침없이 경사면을 오른다. 도중에 킁킁거리며 흙과 낙엽 냄새를 신나게 맡기도 한다. 스릴을 즐기는 듯 아슬아슬하게 가파른 바위 위에서도 주저하지 않고 용감하게 뛰어다닌다.

신통이가 산을 좋아한다는 건, 태어나서 첫 겨울을 맞았을 때 알게 됐다. 산책 나갈 때마다 계단이나 언덕길을 일부러 찾아다니는 것을 보고 혹시나 싶어 근처 산에 데려간 것이다. 난생처음 산길을 맞닥뜨린 우리 강아지는 눈빛이 반짝거리더니 그 짤막한 다리로(사람에 비하면) 산 여기저기를 팔짝팔짝 누비고 다녔다. 동네를 산책할 때의 발랄함과는 차원이 달랐다. 집에 돌아온 뒤에는 뻗어서 코를 다르랑거리며 곤히 잠잤지만 산 위에서는 어디서 힘이 샘솟는지 물 만난 고기처럼 지칠 줄 모르고 쏘다녔다.

그전까지만 해도 아내와 나는 등산에 전혀 관심이 없었다. 힘들게 그런 걸 왜 하나 싶었다. 여행지에서 산행을 해본 건 스위스가 유일했다. 아무리 등산을 싫어한들 알프스의 그림 같은 풍경은 놓칠 수 없었으니까. 예전에 살던 동네엔 해발 90미터 정도의 야트막한 뒷산이 바로 붙어 있었는데도 10년 넘게 살면서 정상에 올라가본 적

강아지 핑계

이 손으로 꼽을 정도였다. 그런 우리 부부에게, 강아지의 취향을 맞춰준다는 핑계로 등산이라는 새로운 취미가 생겼다.

그렇게 좋아하는 산이니 수시로 데려가고 싶지만 그러지 못하는 이유가 있다. 우리 가족에게 산은 주로 겨울에 찾는 여행지다. 진드기 탓이다. 날씨가 따뜻해져서 앙상하던 산에 푸른 수풀이 돋아나면 진드기가 창궐한다. 수풀 구석구석 도사리고 있던 진드기들은 개들이 스쳐지나갈 때 털에 달라붙었다가 피부로 파고들어 피를 빨아먹는다. 흡혈만 하는 게 아니라 중증열성혈소판감소증(SFTS) 등 치명적인 질병을 유발하는 바이러스를 몸속에 퍼뜨린다. 더구나 강아지 몸에서 사람 몸으로도 옮겨가기 때문에 자칫 가족 전체의 목숨이 위태로워질 수 있다. 지구 온난화로 한국에서도 살인진드기의 개체수가 급증하고 서식지 역시 확대되는 추세라 요즘은 더욱 주의가 필요하다. 진드기 기피제를 쓰면 된다는 사람들도 있지만 완벽하게 퇴치하지는 못한다고 한다. 더구나 속살이 보이지 않을 정도로 털이 촘촘하게 난 우리 강아지의 몸에선 진드기를 찾아내기도 힘들다. 봄과 가을에도 가끔 산에 가긴 하는데 아스팔트나 나무 데크 산책로가 조성돼 수풀이 몸에 전혀 닿지 않는 곳으로만 다닌다.

진드기는 산뿐만 아니라 평지의 수풀에도 많기에, 그런 곳들에 들어가는 건 삼가고 있다. 개들이 풀냄새와 흙냄새를 좋아하다는 사실은 알고 있지만 어쩔 수 없다. 개의 건강을 위해서도, 또 개와 함께 실내에서 생활하는 사람의 건강을 위해서도 위험 요인은 제거하는 것이다.

### † 아차산, 가깝고 힘들지 않은 추천 코스

개와 함께 모든 산에 오를 수 있는 건 아니다. 국립공원은 생태계 보호 때문에 반려동물의 출입이 금지돼 있다. 가령, 국립공원으로 지정된 서울의 북한산은 개를 데려가선 안 된다. SNS에 반려견과 북한산 둘레길을 산책했다는 후기들이 간혹 보이는데 적발되면 과태료를 내야 한다.

이런저런 조건들을 맞춰본 끝에 즐겨 찾게 된 산이 바로 아차산이다. 서울 광진구와 경기도 구리시에 걸친 이 산은 차를 타고 30분 내에 갈 수 있어 반나절의 일정으로도 충분히 다녀올 만하다. 덕분에, 귀가한 뒤 강아지 발을 씻기고 털을 말리고 빗질할 시간이 넉넉하게 확보된다. 반려인이라면 알 텐데, 반려견과 함께 야외에 다녀올 경우엔 이런 뒷정리에 상당한 시간과 에너지가 소비된다. 따라서 당일치기 여행이라면 일정을 빨리 마무리할 수 있는 가까운 곳일수록 좋다. 더구나 아차산은 높이가 295.7미터에 불과해 소형견과 나 같은 등산 초보자도 무리 없이 오를 수 있다. 무엇보다 신통이가 여태 다녀본 산들 중 가장 격렬하게 뛰노는 곳이라서 우리는 이 산의 단골 등산객이 됐다.

등산로 입구는 서울과 구리에 몇 군데가 있다. 우리는 늘 구리에 있는 고구려유적진시관 쪽에서 출발한다. 전시관 앞 주차장이 무료인 데다 공간이 넓어 차를 가져가기 편하다. 등산로 초입에 들어서면 길이 갈리는데, 나무 계단이 쭉 이어지는 오른쪽 길을 따라 올라가면 배용준을 닮아서 유명해졌다는 '아차산 큰 바위 얼굴'이 보인다. 실제로 보면 배용준이 연상된다는 건 억지 같지만, 사람 얼굴의 반쪽을 바위 위에 부조로 새겨놓은 것 같은 모습이라 신기하긴 하다. 꽤 가파른 계단을 오르다보면 중간에 쉼터처럼 작은 전망대들이 있다. 활처럼 굽이진 한강과 구리암사대교, 강변에 조성된 광나루한강공원, 건너편 강동구를 빼곡히 뒤덮은 아파트들, 천마산이나 검단산 등 병풍처럼 둘려 있는 하남 일대 산들의 시원한 파노라마가 한눈에 들어온다.

한편, 초입에서 왼쪽 구리둘레길(1코스)로 가면 바위도 나오고 흙길도 나오고 계곡물도 흐르고 있어 숲길을 트레킹하는 느낌이 난다. 신통이는 이 등산로에서 계곡 근처의 가파르고 널찍한 바위 위에 올라가 뛰어노는 걸 특히 좋아한다. 발바닥이 시리지도 않은지, 한겨울에 계곡물이 얼어 있는 곳과 눈 쌓인 곳에 올라가 흥미로운 듯 밟고 다니기도 한다. 등산로를 따라 산 위에 다다르면 서울 쪽이 내려다보인다. 신나서 뛰어 올라가는 강아지를 쫓아다니느라 우리 부부는 매번 숨이 차서 죽을 맛이다. 그래도 일단 올라가고 나면 능선에 쭉 이어진 둘레길은 비교적 평탄한 편이라 걷기 편하다.

우리는 초입에서 갈라지는 두 길을 모두 가봤다. 심지어 왼쪽 둘레길로 등산하고 하산하자마자 오른쪽 계단을 다시 오른 적도 있다. 기껏 내려왔더니 강아지가 저쪽으로도 올라가보자며 목줄을 끌고 가는 바람에……. 우리가 좀 힘들어도, 신통이에게 아차산은 여전히 신나고 흥미로운 최고의 놀이터다. 그거면 충분하다.

강아지 핑계

# 강아지 친화적 여행은 언제쯤 가능할까

† 신통이와 함께하는
프랑스 생말로 여행을 꿈꿔본다

프랑스 북서부의 항구도시 생말로Saint-Malo는 꼭 다시 가보고 싶은 여행지다. 한때 해적의 소굴이었던 이 도시는 대항해시대엔 프랑스의 해양 진출 거점이 되어 부와 번영을 누렸다. 바다를 향해 위풍당당하게 튀어나온 도시를 단단하게 둘러싼 성곽에는 험난했던 그 역사가 고스란히 어려 있다. 아울러 성벽 안에 가지런히 늘어선 반듯한 석조 건물들, 거대한 바다사자를 연상시키는 우락부락한 암갈색 바위들이 들어선 해변, 그 앞에 펼쳐진 푸른 대서양과 항구에 정박한 새하얀 배들은 인공 건축물과 자연의 색과 형태가 모두 조화롭게 어우러진 광경을 연출하며, 도시 미관의 정석을 보여준다.

덕분에 이 작은 도시는 많은 예술가로부터 사랑을 받았다. 특히 미국의 인상파 화가 모리스 프렌더개스트는 프랑스 파리에서 지내는 동안 생말로를 여러 차례 방문해 해안가 곳곳의 풍경을 화폭에 담았다. 그는 1908년 생말로를 그린 풍경화들만 따로 모아 자신의 여덟 번째 전시회를 열기도 했다.

그런데 그림처럼 아름다운 이 도시는 제2차 세계대전 막바지에 거의 파괴돼 돌무더기 폐허나 다름없는 상태가 되었다. 나치군이 이곳을 최후의 보루로 쓰면서 전화戰禍를 피할 수 없었던 것이다. 살아남은 생말로 시민 중 대다수는 하루아침에 노숙자 신세로 전락했다. 그럼에도 거친 바다 사나이들의 후손인 이들은 기질이 남달랐는지, 무너진 집이며 성당이며 상점 건물을 대충대충 빨리 현대식으로 재건하지 않았다. 선조들이 물려준 생말로의 아름다운 중세도시 풍경을 지키기 위해 불편함을 감수하면서 도시 복원 작업을 진행했다. 옛날 방식대로 화강암 벽돌 하나하나를 세심하게 쌓아올리며 무려 12년에 걸쳐 전쟁 이전의 모습을 살려냈다. 덕분에 오늘날 인구 5만 명에도 못 미치는, 뭐 대단한 랜드마크가 있지도 않은 이 작은 도시가 세계적인 관광명소로 거듭날 수 있었다.

2016년 10월, 아내와 나는 생말로에서 대서양이 코앞에 보이는 바닷가 호텔에 투숙했다. 저녁엔 그림 같은 석양을 감상하고 새벽엔 텅 빈 성벽 길을 오붓하게 걸었다.

그대로 눌러앉아 살고 싶을 만큼 마음에 드는 곳이라 일분일초가 지나가는 것도 못내 아쉬웠다. 그런데 유독 생말로에선 우리 부부 모두 한국에 두고 온 강아지가 몹시도 그리웠다. 개와 함께 다니는 사람들이 자주 눈에 띄었기 때문이다. 백사장과 해안의 바위 위를 껑충껑충 뛰어다니는 개들을 보고 있자니 '신통이도 여기 데려오면 쟤들처럼 신나게 놀 텐데'라는 생각을 내내 떨쳐낼 수 없었다.

나중에 알고보니, 생말로를 비롯한 브르타뉴Bretagne 일대는 이웃 나라 영국에서 반려견 동반 여행지로 인기가 높은 곳이었다. 우선, 반려견과 함께 객실에 탑승해 프랑스로 입항할 수 있는 여객선이 정기 운항 중이다. 또한, 외국 땅이지만 예방접종 확인서 등 필요한 서류만 잘 갖추면 따로 검역 절차 없이 하선할 수 있다. 생말로는 역사에 풍경까지 더해진 관광지로 유명한 데다, 영국을 오가는 여객선과 반려견 동반 호텔, 음식점, 카페도 많아서 특히 애견인 여행자들에게 각광받는 모양이다.

하지만 여기에도 제한 사항은 있다. 해수욕 시즌인 4월 1일부터 9월 30일까지는 반려견의 해변 출입이 금지된다. 우리는 10월에 갔던 터라 바닷가가 '개판'이 된 모습을 볼 수 있었던 것이다. 또한, 개가 올라가면 안 되는 성

강아지 핑계

벽 길에는 프랑스어를 모르는 사람도 쉽게 인식할 수 있도록 그림 표지판이 설치돼 있다.

이런 규칙들만 지키면 생말로가 개와 함께 여행하기 좋은 도시인 건 분명하다. 성벽 길과 달리 성곽 안의 보행로 위에는 개와 함께 다닐 수 있음을 알려주는 표식이 큼지막하게 따로 그려져 있다. 반려인들이 사용하기 편하도록 배변봉투함도 설치해놓았는데, 멀리서도 보이게끔 표지판을 높이 세워서 개의 삽화까지 그려넣었다. 물론 봉투는 무료로 제공된다. 뿐만 아니라, 음식점이나 카페에서 사람과 개가 자연스럽게 어울려 식사하거나 커피 마시는 모습도 심심찮게 볼 수 있었다.

† 의외의 만찬, 신통이와 함께 즐겨
더 행복했던 한 끼

요즘은 한국에서도 반려견 동반 여행에 대한 인식이 많이 달라지는 분위기이지만, 그럼에도 아직까지는 많은 제약이 따른다. 반려인들에겐 숙박과 더불어 식사 역시 커다란 난제다. 아침 일찍 서둘러 당일치기로 동해안을 다녀온다고 해도 온종일 굶고 다닐 수는 없으니 어떻

246

여행의 핑계

게든 끼니를 때워야 한다. 이건 가까운 시내나 근교의 공원에 놀러갈 때도 마찬가지다. 하지만 반려견 동반이 가능한 음식점을 찾기란 여전히 쉽지 않다. 모처럼 간 여행이니 맛집에서 특별한 음식을 먹으면 좋겠는데, 그건 더더욱 어렵다. 야외석 정도는 허락한 곳들이 있지만, 비가 오거나 눈이 오거나 너무 덥거나 추우면 이마저도 포기해야 한다.

그래서 우리는 포장이 가능하면서 취식과 뒤처리가 간편한 음식을 골라 차 안에서 후딱 먹어치운다. 우리가 비교적 자주 가는 동해안은 신선한 회며 초당 순두부며 장칼국수 등 맛있는 먹거리가 참 많지만, 이런 음식은 그림의 떡이다. 대신 속초의 명물인 오징어순대나 아바이순대를 명태 초무침과 함께 포장해 차에서 먹곤 한다. 물론 그 와중에도 낭만을 즐기겠다며 해변가 주차장을 찾아가 차를 세워두고 푸른 바다와 파도 소리를 감상하면서 먹는다. 우리 가족 전용의 바다 전망 식당이라고 서로 위로하면서 말이다. 오징어순대나 아바이순대는 그나마 호사다. 보통 강아지 동반 여행길에선 김밥, 샌드위치, 햄버거가 단골 식사 메뉴다. 남해를 오갈 때는 휴게소에서 핫바나 핫도그 같은 간식만 줄곧 사 먹으며 배고픔을

247

견뎠다. 신통이를 입양한 뒤로 우리 가족의 여행에서 식도락의 중요도 순위는 뒤로 한참 밀려날 수밖에 없었다.

그러던 차에 속초에서 의외의 만찬을 즐긴 적이 있다. 여느 때처럼 오징어순대를 포장해 차에서 먹으려다가 평소 가던 곳이 아닌 다른 음식점을 찾았다. 달걀물을 입혀 기름에 노랗게 구운 것 말고 전통 방식대로 쪄서 만드는 오징어순대를 파는 곳이다. 원래는 횟집인데 TV 프로그램에 물회와 오징어순대가 맛있다고 소개되면서 관광객이 몰리는 명소로 부상했다. 우리는 당연히 물회는 포기하고 전화로 오징어순대만 포장주문한 뒤 찾으러 갔다. 식당 앞에 차를 대고 주차 안내를 해주던 아저씨에게 포장한 음식만 찾아 금방 나가겠다고 말하자 대뜸 이렇게 묻는다.

"포장이요? 우리 집은 기본반찬이 끝내주는데 왜 순대만 포장해 가요? 안에 들어와 다 드시고 가요."

"아, 저희도 그러면 좋겠지만 강아지를 데려와서요."

그러자 아저씨가 차창 너머에서 신통이를 쓱 훑어봤다.

"에이, 큰 개도 아니고 자그마한 강아지네. 홀은 다른 손님들 계셔서 안 되고 안에 따로 방 있으니까 거기서 먹

여행의 핑계

고 가요."

알고보니 배포가 큰 그 아저씨가 바로 횟집 주인이었
다. 원래 그곳은 반려견 동반 식당이 아니다. 하지만 사
장님 마음 아닌가. 사장님이 된다면 되는 거다. 덕분에
커다란 별실을 차지하고 자리를 잡았다. 행여 민폐 끼칠
까봐 신통이는 방 안을 돌아다니지 못하게 품에 꼭 붙들
어 안았다. 덕분에 우리는 전국적으로 유명한 맛집에 앉
아서 전통 방식으로 쪄낸 담백한 오징어순대와 오징어
먹물순대, 그리고 칼칼한 맛이 일품인 신선한 물회, 화려
한 밑반찬까지 아주 배터지게 먹을 수 있었다. 예상치 못
한 반려견 환대와 호식에 횡재라도 한 기분이었다.


† 그래도 여행을 떠난다. 함께여서 행복하니까


이건 극히 드문 경우였지만, 어쨌든 실내에도 반려견
을 데리고 당당하게 들어갈 수 있는 곳이 점점 늘고 있기
는 하다. 그래서 강아지와 여행을 막 시작하려는 초보 반
려인들에게 꼭 추천하고 싶은 용품이 있다. 바로 '개모
차'다. 유모차처럼 생겼지만 사람 아기 대신 개를 태워
견주가 밀고 다니는 수레다.

여행의 핑계

강아지 핑계

반려견의 입장은 허용하되 바닥 위를 걷게 해선 안 되는 장소에서 이보다 편한 도구가 또 없다. 품에 안고 다니거나 이동장, 이동가방 같은 걸 이용할 수도 있지만 아주 가볍고 작디작은 초소형견이 아니고서야 아무래도 불편하다. 우리 강아지는 미니어처 푸들치고는 몸집이 큰 편이어서 아예 넉넉한 크기의 개모차를 마련했다. 그 뒤로 신통이와 다니는 여행이 한결 편해진 것은 물론, 여행지의 범위 또한 넓어졌다. 개모차에서 내리지 않는 조건으로 실내에서 음식을 먹어도 된다는 식당이나 카페가 꽤 생겼기 때문이다. 또한, 반려견 동반 숙박이 가능한 호텔 중에서도 로비나 복도 등 공용 공간에선 반드시 이동장이나 개모차에 태워 다니도록 제한하는 곳이 많다. 그래서 개모차를 유료로 대여하기도 하는데, 하나 장만해두면 이런 비용을 절약할 수 있다.

막상 사놓고보니 실내뿐 아니라 야외에서도 활용도가 높다. 봄이나 가을에도 뙤약볕이 내려쬐는 날엔 아스팔트 바닥의 지면이 달궈져 개 발바닥에 화상을 입히는데, 개모차에 태우고 다니면 안심해도 된다. 복잡하고 비좁은 골목길을 지나가야 할 때 차량이나 행인들의 발길에 치일까봐 걱정할 필요 없이 안전하게 오갈 수 있는 것도 장점이다.

아무리 그렇더라도, 이런저런 방법을 동원한들 개와 함께하는 여행은 어쩔 수 없이 불편하다. 그래도 떠나야 한다. 우리는 가족이며, 가족 모두가 함께하는 여행에서만 느낄 수 있는 행복이 있으니까. 앞서 언급한 존 스타인벡의 《찰리와 함께한 여행: 미국을 찾아서》에서 인상 깊게 읽은 또 다른 내용을 나누는 것으로 이쯤에서 마무리하겠다.

찰리는 글을 읽지 못한다. 운전할 줄도 모른다. 숫자를 셀 줄도 모른다. (……) 물론 찰리의 식견은 제한적이다. 그렇다고 나의 식견은 또 얼마나 넓은가?

- 뛰어놀기 좋은 산책로, 해변가 등을 미리 확인해둔다.

- 강아지와 산책할 때엔 어디서든 배변봉투는 필수품이다.

- 해변에 다녀온 뒤에는 바로 씻어줘야 소금기와 세균을 제거해
  피부병을 막을 수 있다.

- 피부가 약한 소형견이라면 갯벌엔 들어가지 말자.

- 반려견 전용 해수욕장, 일반 해수욕장에서 입장 가능한 시기,
  조건 등을 찾아본다.

- 당일치기 여행은 숙소 고르는 어려움 없이, 충분히 즐기다 올 수 있는
  장점이 가득하다.

- 멀지 않은 공원도 여행의 묘미를 그대로 전해줄 수 있다.

- 다양한 공간을 갖춘 서울숲 공원 같은 곳도 좋다.

- 진드기가 많은 장소, 시기는 피한다.

- 개모차를 이용하면 좀 더 편하게, 조금 더 다양한 장소를 이용할 수 있다.

강아지 핑계

## 여행의 핑계

호캉스나 식도락이나 화보 촬영은 아니지만
핑곗김에 잘 자고 잘 먹고 인생 샷도 남긴 여행,
강아지와 함께라는 핑계로 도전하는 가족여행

초판 1쇄 발행 2023년 2월 20일
지은이 ㅣ 남원상

펴낸곳 ㅣ 도서출판 따비
펴낸이 ㅣ 박성경
편집 ㅣ 신수진, 정우진
디자인 ㅣ 박대성

출판등록 2009년 5월 4일 제2010-000256호
주소 서울시 마포구 월드컵로28길 6(성산동, 3층)
전화 02-3326-3897
팩스 02-6919-1277
이메일 tabibooks@hotmail.com
인쇄·제본 영신사

ISBN 979-11-92169-24-8  03810
값 15,000원